In Tausenden von Vertonungen hat vor allem das lyrische Jugendwerk Heinrich Heines ein oft betörendes Echo gefunden und damit die Konzertsäle in aller Welt erobert. Es bleibt in der Tat erstaunlich, daß sich unter den Kompositionen erst nach und nach die Verse auch des späten Dichters finden. Zu sehr galt er lange Zeit einzig und allein als berühmter Verfasser des *Buchs der Lieder* von 1827, obgleich seine politische Dichtung, wie sie in den *Neuen Gedichten* von 1844 und den Versepen *Deutschland. Ein Wintermärchen* und *Atta Troll. Ein Sommernachtstraum*, beide ebenfalls aus den vierziger Jahren des 19. Jahrhunderts, ihren Höhepunkt erreichte, die Gemüter nicht minder bewegt, ja sogar heftig aufgestört hat und zu manchen Verboten beitrug. Irritierend wurde von den Zeitgenossen ebenfalls die späte Lyrik empfunden, wie sie im Verkaufserfolg *Romanzero* von 1851 sich Bahn brach. Damit war Heine, der inzwischen an seine Matratzengruft gefesselt war, allerdings noch längst nicht verstummt. Die *Gedichte. 1853 und 1854*, das fragmentarische Versepos *Bimini*, seine Fabeln und sonstigen Verse mit ihrer ungebrochenen Selbstironie rühren oft genug an die Tabugrenze. Sie sind immer noch aufregend und verdienen sogar eine vermehrte Aufmerksamkeit. Krankheit und Sterben, politische Zustände, Utopien und historische Exempel werden zu einem im mehrfachen Sinn phantastischen Geflecht verwoben. Der Leser wird sich gerne einer unweigerlichen Bewunderung, dem Staunen, gelegentlich auch dem Erschrecken hingeben. Das gilt in abgewandelter Form auch für jene nachzutragenden Gedichte, die in den früheren Gedichtbänden aus vielen Gründen weggelassen werden mußten und die hier ebenfalls zum besseren Verständnis des Dichters angeboten werden. Die Worte spät und Nachlaß dürfen im Falle der Heineschen Gedichte durchaus im Sinne von reif und Vermächtnis gelesen werden.

Die Herausgeber:

Joseph Anton Kruse, geb. 1944, ist seit 1975 Direktor des Heinrich-Heine-Instituts in Düsseldorf und Honorarprofessor an der dortigen Universität. Zahlreiche Veröffentlichungen über Heines Leben und Werk. Er ist Mitherausgeber der im Insel Verlag erschienenen vierbändigen Anthologie *Literatur in Nordrhein-Westfalen.*

Im insel taschenbuch liegen von ihm u. a. vor: *Heinrich Heine. Leben und Werk in Daten und Bildern* (it 615) und Nachworte zu folgenden Heine-Editionen: *Der Rabbi von Bacherach* (it 2426); *Reisebilder* (it 444); *Romanzero* (it 538).

Marianne Tilch betreut als Mitarbeiterin im Archiv des Heinrich-Heine-Instituts die Heine- und die Schumann-Sammlung sowie die Allgemeine Autographen-Sammlung und das Fotoarchiv.

insel taschenbuch 3036

Heinrich Heine

Späte Gedichte und Lyrik aus dem Nachlaß

Heinrich Heine
Späte Gedichte und Lyrik aus dem Nachlaß

Herausgegeben von Joseph A. Kruse
und Marianne Tilch

Mit einem Nachwort
von Joseph A. Kruse

Insel Verlag

Umschlagabbildung:
Heinrich Heine, Bleistiftzeichnung,
getuscht, von Samuel Diez, 1842.
Stiftung Preußischer Kulturbesitz, Berlin.

insel taschenbuch 3036
Erste Auflage 2004

Vertrieb durch den Suhrkamp Taschenbuch Verlag
Umschlag nach Entwürfen von Willy Fleckhaus
Satz: Hümmer GmbH, Waldbüttelbrunn
Druck: Memminger MedienCentrum AG
Printed in Germany
ISBN 3-458-34736-4

1 2 3 4 5 6 – 09 08 07 06 05 04

INHALT

Gedichte. 1853 und 1854 9
Nachlese zu ›Gedichte. 1853 und 1854‹ 71
Lyrischer Nachlaß: Aus der »Matratzengruft« 83
Bimini 159
Nachlese zu ›Bimini‹ 189
Nachlese zum ›Buch der Lieder‹ 193
Nachlese zu ›Neue Gedichte‹ 227
Nachlese zum ›Romanzero‹ 269

Joseph A. Kruse: Harte Kost: Heines späte Gedichte
und Lyrik aus dem Nachlaß 279
Gedichtanfänge und Überschriften 309

GEDICHTE. 1853 UND 1854

I
Ruhelechzend

Laß bluten deine Wunden, laß
Die Tränen fließen unaufhaltsam –
Geheime Wollust schwelgt im Schmerz,
Und Weinen ist ein süßer Balsam.

Verwundet dich nicht fremde Hand,
So mußt du selber dich verletzen;
Auch danke hübsch dem lieben Gott,
Wenn Zähren deine Wangen netzen.

Des Tages Lärm verhallt, es steigt
Die Nacht herab mit langen Flören.
In ihrem Schoße wird kein Schelm,
Kein Tölpel deine Ruhe stören.

Hier bist du sicher vor Musik,
Vor des Pianofortes Folter,
Und vor der großen Oper Pracht
Und schrecklichem Bravourgepolter.

Hier wirst du nicht verfolgt, geplagt
Vom eitlen Virtuosenpacke
Und vom Genie Giacomos
Und seiner Weltberühmtheitsclaque.

O Grab, du bist das Paradies
Für pöbelscheue, zarte Ohren –
Der Tod ist gut, doch besser wärs,
Die Mutter hätt uns nie geboren.

II
Im Mai

Die Freunde, die ich geküßt und geliebt,
Die haben das Schlimmste an mir verübt.
Mein Herze bricht; doch droben die Sonne,
Lachend begrüßt sie den Monat der Wonne.

Es blüht der Lenz. Im grünen Wald
Der lustige Vogelgesang erschallt,
Und Mädchen und Blumen, sie lächeln jungfräulich –
O schöne Welt, du bist abscheulich!

Da lob ich mir den Orkus fast;
Dort kränkt uns nirgends ein schnöder Kontrast;
Für leidende Herzen ist es viel besser
Dort unten am stygischen Nachtgewässer.

Sein melancholisches Geräusch,
Der Stymphaliden ödes Gekreisch,
Der Furien Singsang, so schrill und grell,
Dazwischen des Cerberus Gebell –

Das paßt verdrießlich zu Unglück und Qual –
Im Schattenreich, dem traurigen Tal,
In Proserpinens verdammten Domänen,
Ist alles im Einklang mit unseren Tränen.

Hier oben aber, wie grausamlich
Sonne und Rosen stechen sie mich!
Mich höhnt der Himmel, der bläulich und mailich –
O schöne Welt, du bist abscheulich!

III
Leib und Seele

Die arme Seele spricht zum Leibe:
Ich laß nicht ab von dir, ich bleibe
Bei dir – Ich will mit dir versinken
In Tod und Nacht, Vernichtung trinken!
Du warst ja stets mein zweites Ich,
Das liebevoll umschlungen mich,
Als wie ein Festkleid von Satin,
Gefüttert weich mit Hermelin –
Weh mir! jetzt soll ich gleichsam nackt,
Ganz ohne Körper, ganz abstrakt,
Hinlungern als ein selges Nichts
Dort oben in dem Reich des Lichts,
In jenen kalten Himmelshallen,
Wo schweigend die Ewigkeiten wallen
Und mich angähnen – sie klappern dabei
Langweilig mit ihren Pantoffeln von Blei.
O das ist grauenhaft; o bleib,
Bleib bei mir, du geliebter Leib!

Der Leib zur armen Seele spricht:
O tröste dich und gräm dich nicht!
Ertragen müssen wir in Frieden
Was uns vom Schicksal ward beschieden.
Ich war der Lampe Docht, ich muß
Verbrennen; du, der Spiritus,
Wirst droben auserlesen sein
Zu leuchten als ein Sternelein
Vom reinsten Glanz – Ich bin nur Plunder,
Materie nur, wie morscher Zunder
Zusammensinkend, und ich werde,

Was ich gewesen, eitel Erde.
Nun lebe wohl und tröste dich!
Vielleicht auch amüsiert man sich
Im Himmel besser als du meinst.
Siehst du den großen Bären einst
(Nicht Meyer-Bär) im Sternensaal,
Grüß ihn von mir viel tausendmal!

IV
Rote Pantoffeln

Gar böse Katze, so alt und grau,
Sie sagte, sie sei eine Schustersfrau;
Auch stand vor ihrem Fenster ein Lädchen,
Worin Pantoffeln für junge Mädchen,
Pantöffelchen von Maroquin,
Von Saffian und von Satin,
Von Samt mit goldnen Borden garniert
Und buntgeblümten Bändern verziert.
Am lieblichsten dort zu schauen war
Ein scharlachrotes Pantöffelchenpaar;
Es hat mit seiner Farbenpracht
Gar manchem Dirnchen ins Herz gelacht.

Eine junge weiße Edelmaus,
Die ging vorbei dem Schusterhaus,
Kehrt' wieder um, dann blieb sie stehn,
Tät nochmals durch das Fenster sehn –
Sprach endlich: Ich grüß Euch, Frau Kitze, Frau Katze,
Gar schöne rote Pantöffelchen hat Sie;
Sind sie nicht teuer, ich kauf sie Euch ab,
Sagt mir wie viel ich zu zahlen hab.

Die Katze rief: Mein Jüngferlein,
Ich bitte gehorsamst, treten Sie ein,
Geruhen Sie mein Haus zu beehren
Mit Dero Gegenwart; es verkehren
Mit mir die allerschönsten Madel
Und Herzoginnen, der höchste Adel –
Die Töffelchen will ich wohlfeil lassen –
Doch laßt uns sehn, ob sie Euch passen –
Ach, treten Sie ein und nehmen Sie Platz –

So flötet die boshaft listige Katz,
Und das weiße, unerfahrene Ding
In die Mördergrub, in die Falle ging –
Auf eine Bank setzt sich die Maus
Und streckt ihr kleines Beinchen aus,
Um anzuprobieren die roten Schuhe –
Sie war ein Bild von Unschuld und Ruhe –
Da packt sie plötzlich die böse Katze
Und würgt sie mit der grimmigen Tatze,
Und beißt ihr ab das arme Köpfchen,
Und spricht: Mein liebes, weißes Geschöpfchen,
Mein Mäuschen, du bist mausetot!
Jedoch die Pantöffelchen scharlachrot,
Die will ich stellen auf deine Gruft;
Und wenn die Weltposaune ruft
Zum jüngsten Tanz, o weiße Maus,
Aus deinem Grab steigst du heraus,
Ganz wie die andern, und sodann
Ziehst du die roten Pantöffelchen an.

Moral

Ihr weißen Mäuschen, nehmt Euch in acht,
Laßt Euch nicht ködern von weltlicher Pracht!
Ich rat Euch, lieber barfuß zu laufen,
Als bei der Katze Pantoffeln zu kaufen.

V
Babylonische Sorgen

Mich ruft der Tod – Ich wollt, o Süße,
Daß ich dich in einem Wald verließe,
In einem jener Tannenforsten,
Wo Wölfe heulen, Geier horsten
Und schrecklich grunzt die wilde Sau,
Des blonden Ebers Ehefrau.

Mich ruft der Tod – Es wär noch besser,
Müßt ich auf hohem Seegewässer
Verlassen dich, mein Weib, mein Kind,
Wenngleich der tolle Nordpolwind
Dort peitscht die Wellen, und aus den Tiefen
Die Ungetüme, die dort schliefen,
Haifisch' und Krokodile, kommen
Mit offnem Rachen emporgeschwommen –
Glaub mir, mein Kind, mein Weib, Mathilde,
Nicht so gefährlich ist das wilde,
Erzürnte Meer und der trotzige Wald,
Als unser jetziger Aufenthalt!
Wie schrecklich auch der Wolf und der Geier,
Haifische und sonstige Meerungeheuer:
Viel grimmere, schlimmere Bestien enthält

Paris, die leuchtende Hauptstadt der Welt,
Das singende, springende, schöne Paris,
Die Hölle der Engel, der Teufel Paradies –
Daß ich dich hier verlassen soll,
Das macht mich verrückt, das macht mich toll!

Mit spöttischem Sumsen mein Bett umschwirrn
Die schwarzen Fliegen; auf Nas und Stirn
Setzen sie sich – fatales Gelichter!
Etwelche haben wie Menschengesichter,
Auch Elefantenrüssel daran,
Wie Gott Ganesa in Hindostan. – –
In meinem Hirne rumort es und knackt,
Ich glaube, da wird ein Koffer gepackt,
Und mein Verstand reist ab – o wehe –
Noch früher als ich selber gehe.

VI
Das Sklavenschiff

1

Der Superkargo Mynher van Koek
Sitzt rechnend in seiner Kajüte;
Er kalkuliert der Ladung Betrag
Und die probabeln Profite.

»Der Gummi ist gut, der Pfeffer ist gut,
Dreihundert Säcke und Fässer;
Ich habe Goldstaub und Elfenbein –
Die schwarze Ware ist besser.

Sechshundert Neger tauschte ich ein
Spottwohlfeil am Senegalflusse.
Das Fleisch ist hart, die Sehnen sind stramm,
Wie Eisen vom besten Gusse.

Ich hab zum Tausche Branntewein,
Glasperlen und Stahlzeug gegeben;
Gewinne daran achthundert Prozent,
Bleibt mir die Hälfte am Leben.

Bleiben mir Neger dreihundert nur
Im Hafen von Rio Janeiro,
Zahlt dort mir hundert Dukaten per Stück
Das Haus Gonzales Perreiro.«

Da plötzlich wird Mynher van Koek
Aus seinen Gedanken gerissen;
Der Schiffschirurgius tritt herein,
Der Doktor van der Smissen.

Das ist eine klapperdürre Figur,
Die Nase voll roter Warzen –
Nun, Wasserfeldscherer, ruft van Koek,
Wie gehts meinen lieben Schwarzen?

Der Doktor dankt der Nachfrage und spricht:
»Ich bin zu melden gekommen,
Daß heute Nacht die Sterblichkeit
Bedeutend zugenommen.

Im Durchschnitt starben täglich zwei,
Doch heute starben sieben,
Vier Männer, drei Frauen – Ich hab den Verlust
Sogleich in die Kladde geschrieben.

Ich inspizierte die Leichen genau;
Denn diese Schelme stellen
Sich manchmal tot, damit man sie
Hinabwirft in die Wellen.

Ich nahm den Toten die Eisen ab;
Und wie ich gewöhnlich tue,
Ich ließ die Leichen werfen ins Meer
Des Morgens in der Fruhe.

Es schossen alsbald hervor aus der Flut
Haifische, ganze Heere,
Sie lieben so sehr das Negerfleisch;
Das sind meine Pensionäre.

Sie folgten unseres Schiffes Spur,
Seit wir verlassen die Küste;
Die Bestien wittern den Leichengeruch,
Mit schnupperndem Fraßgelüste.

Es ist possierlich anzusehn,
Wie sie nach den Toten schnappen!
Die faßt den Kopf, die faßt das Bein,
Die andern schlucken die Lappen.

Ist alles verschlungen, dann tummeln sie sich
Vergnügt um des Schiffes Planken
Und glotzen mich an, als wollten sie
Sich für das Frühstück bedanken.«

Doch seufzend fällt ihm in die Red
Van Koek: Wie kann ich lindern
Das Übel? wie kann ich die Progression
Der Sterblichkeit verhindern?

Der Doktor erwidert: »Durch eigne Schuld
Sind viele Schwarze gestorben;
Ihr schlechter Odem hat die Luft
Im Schiffsraum so sehr verdorben.

Auch starben viele durch Melancholie,
Dieweil sie sich tödlich langweilen;
Durch etwas Luft, Musik und Tanz
Läßt sich die Krankheit heilen.«

Da ruft van Koek: »Ein guter Rat!
Mein teurer Wasserfeldscherer
Ist klug wie Aristoteles,
Des Alexanders Lehrer.

Der Präsident der Sozietät
Der Tulpenveredlung im Delfte
Ist sehr gescheit, doch hat er nicht
Von Eurem Verstande die Hälfte.

Musik! Musik! die Schwarzen solln
Hier auf dem Verdecke tanzen.
Und wer sich beim Hopsen nicht amüsiert,
Den soll die Peitsche kuranzen.«

2

Hoch aus dem blauen Himmelszelt
Viel tausend Sterne schauen,
Sehnsüchtig glänzend, groß und klug,
Wie Augen von schönen Frauen.

Sie blicken hinunter in das Meer,
Das weithin überzogen
Mit phosphorstrahlendem Purpurduft;
Wollüstig girren die Wogen.

Kein Segel flattert am Sklavenschiff,
Es liegt wie abgetakelt;
Doch schimmern Laternen auf dem Verdeck,
Wo Tanzmusik spektakelt.

Die Fiedel streicht der Steuermann,
Der Koch, der spielt die Flöte,
Ein Schiffsjung schlägt die Trommel dazu,
Der Doktor bläst die Trompete.

Wohl hundert Neger, Männer und Fraun,
Sie jauchzen und hopsen und kreisen
Wie toll herum; bei jedem Sprung
Taktmäßig klirren die Eisen.

Sie stampfen den Boden mit tobender Lust,
Und manche schwarze Schöne
Umschlingt wollüstig den nackten Genoß –
Dazwischen ächzende Töne.

Der Büttel ist maître des plaisirs,
Und hat mit Peitschenhieben
Die lässigen Tänzer stimuliert,
Zum Frohsinn angetrieben.

Und Dideldumdei und Schnedderedeng!
Der Lärm lockt aus den Tiefen
Die Ungetüme der Wasserwelt,
Die dort blödsinnig schliefen.

Schlaftrunken kommen geschwommen heran
Haifische, viele hundert;
Sie glotzen nach dem Schiff hinauf,
Sie sind verdutzt, verwundert.

Sie merken, daß die Frühstückstund
Noch nicht gekommen, und gähnen,
Aufsperrend den Rachen; die Kiefer sind
Bepflanzt mit Sägezähnen.

Und Dideldumdei und Schnedderedeng –
Es nehmen kein Ende die Tänze.
Die Haifische beißen vor Ungeduld
Sich selber in die Schwänze.

Ich glaube, sie lieben nicht die Musik,
Wie viele von ihrem Gelichter.
Trau keiner Bestie, die nicht liebt
Musik! sagt Albions großer Dichter.

Und Schnedderedeng und Dideldumdei –
Die Tänze nehmen kein Ende.
Am Fockmast steht Mynher van Koek
Und faltet betend die Hände:

»Um Christi willen verschone, o Herr,
Das Leben der schwarzen Sünder!
Erzürnten sie dich, so weißt du ja,
Sie sind so dumm wie die Rinder.

Verschone ihr Leben um Christi willn,
Der für uns alle gestorben!
Denn bleiben mir nicht dreihundert Stück,
So ist mein Geschäft verdorben.«

VII
Affrontenburg

Die Zeit verfließt, jedoch das Schloß,
Das alte Schloß mit Turm und Zinne
Und seinem blöden Menschenvolk,
Es kommt mir nimmer aus dem Sinne.

Ich sehe stets die Wetterfahn,
Die auf dem Dach sich rasselnd drehte.
Ein jeder blickte scheu hinauf,
Bevor er nur den Mund auftäte.

Wer sprechen wollt, erforschte erst
Den Wind, aus Furcht, es möchte plötzlich
Der alte Brummbär Boreas
Anschnauben ihn nicht sehr ergötzlich.

Die Klügsten freilich schwiegen ganz –
Denn ach, es gab an jenem Orte
Ein Echo, das mit Wiederklatsch
Boshaft verfälschte alle Worte.

Inmitten im Schloßgarten stand
Ein sphinxgezierter Marmorbronnen,
Der immer trocken war, obgleich
Gar manche Träne dort geronnen.

Vermaledeiter Garten! Ach,
Da gab es nirgends eine Stätte,
Wo nicht mein Herz gekränket ward,
Wo nicht mein Aug geweinet hätte.

Da gabs wahrhaftig keinen Baum,
Worunter nicht Beleidigungen
Mir zugefüget worden sind
Von feinen und von groben Zungen.

Die Kröte, die im Gras gelauscht,
Hat alles mitgeteilt der Ratte,
Die ihrer Muhme Viper gleich
Erzählt, was sie vernommen hatte.

Die hats gesagt dem Schwager Frosch –
Und solcherweis erfahren konnte
Die ganze schmutzge Sippschaft stracks
Die mir erwiesenen Affronte.

Des Gartens Rosen waren schön,
Und lieblich lockten ihre Düfte;
Doch früh hinwelkend starben sie
An einem sonderbaren Gifte.

Zu Tod ist auch erkrankt seitdem
Die Nachtigall, der edle Sprosser,
Der jenen Rosen sang sein Lied; –
Ich glaub, vom selben Gift genoß er.

Vermaledeiter Garten! Ja,
Es war, als ob ein Fluch drauf laste;
Manchmal am hellen lichten Tag
Mich dort Gespensterfurcht erfaßte.

Mich grinste an der grüne Spuk,
Er schien mich grausam zu verhöhnen,
Und aus den Taxusbüschen drang
Alsbald ein Ächzen, Röcheln, Stöhnen.

Am Ende der Allee erhob
Sich die Terrasse, wo die Wellen
Der Nordsee, zu der Zeit der Flut,
Tief unten am Gestein zerschellen.

Dort schaut man weit hinaus ins Meer.
Dort stand ich oft in wilden Träumen.
Brandung war auch in meiner Brust –
Das war ein Tosen, Rasen, Schäumen –

Ein Schäumen, Rasen, Tosen wars,
Ohnmächtig gleichfalls wie die Wogen,
Die kläglich brach der harte Fels,
Wie stolz sie auch herangezogen.

Mit Neid sah ich die Schiffe ziehn
Vorüber nach beglückten Landen –
Doch mich hielt das verdammte Schloß
Gefesselt in verfluchten Banden.

VIII
Zum Lazarus

1

Laß die heilgen Parabolen,
Laß die frommen Hypothesen –
Suche die verdammten Fragen
Ohne Umschweif uns zu lösen.

Warum schleppt sich blutend, elend,
Unter Kreuzlast der Gerechte,
Während glücklich als ein Sieger
Trabt auf hohem Roß der Schlechte?

Woran liegt die Schuld? Ist etwa
Unser Herr nicht ganz allmächtig?
Oder treibt er selbst den Unfug?
Ach, das wäre niederträchtig.

Also fragen wir beständig,
Bis man uns mit einer Handvoll
Erde endlich stopft die Mäuler –
Aber ist das eine Antwort?

2

Es hatte mein Haupt die schwarze Frau
Zärtlich ans Herz geschlossen;
Ach! meine Haare wurden grau,
Wo ihre Tränen geflossen.

Sie küßte mich lahm, sie küßte mich krank,
Sie küßte mir blind die Augen;
Das Mark aus meinem Rückgrat trank
Ihr Mund mit wildem Saugen.

Mein Leib ist jetzt ein Leichnam, worin
Der Geist ist eingekerkert –
Manchmal wird ihm unwirsch zu Sinn,
Er tobt und rast und berserkert.

Ohnmächtige Flüche! Dein schlimmster Fluch
Wird keine Fliege töten.
Ertrage die Schickung, und versuch
Gelinde zu flennen, zu beten.

3

Wie langsam kriechet sie dahin,
Die Zeit, die schauderhafte Schnecke!
Ich aber, ganz bewegungslos
Blieb ich hier auf demselben Flecke.

In meine dunkle Zelle dringt
Kein Sonnenstrahl, kein Hoffnungsschimmer;
Ich weiß, nur mit der Kirchhofsgruft
Vertausch ich dies fatale Zimmer.

Vielleicht bin ich gestorben längst;
Es sind vielleicht nur Spukgestalten
Die Phantasieen, die des Nachts
Im Hirn den bunten Umzug halten.

Es mögen wohl Gespenster sein,
Altheidnisch göttlichen Gelichters;
Sie wählen gern zum Tummelplatz
Den Schädel eines toten Dichters. –

Die schaurig süßen Orgia,
Das nächtlich tolle Geistertreiben,
Sucht des Poeten Leichenhand
Manchmal am Morgen aufzuschreiben.

4

Einst sah ich viele Blumen blühen
An meinem Weg; jedoch zu faul,
Mich pflückend nieder zu bemühen,
Ritt ich vorbei auf stolzem Gaul.

Jetzt, wo ich todessiech und elend,
Jetzt, wo geschaufelt schon die Gruft,
Oft im Gedächtnis höhnend, quälend,
Spukt der verschmähten Blumen Duft.

Besonders eine feuergelbe
Viole brennt mir stets im Hirn.
Wie reut es mich, daß ich dieselbe
Nicht einst genoß, die tolle Dirn.

Mein Trost ist: Lethes Wasser haben
Noch jetzt verloren nicht die Macht,
Das dumme Menschenherz zu laben
Mit des Vergessens süßer Nacht.

5

Ich sah sie lachen, sah sie lächeln,
Ich sah sie ganz zugrunde gehn;
Ich hört ihr Weinen und ihr Röcheln,
Und habe ruhig zugesehn.

Leidtragend folgt ich ihren Särgen,
Und bis zum Kirchhof ging ich mit;
Hernach, ich will es nicht verbergen,
Speist ich zu Mittag mit Apptit.

Doch jetzt auf einmal mit Betrübnis
Denk ich der längstverstorbnen Schar;
Wie lodernd plötzliche Verliebnis
Stürmts auf im Herzen wunderbar!

Besonders sind es Julchens Tränen,
Die im Gedächtnis rinnen mir;
Die Wehmut wird zu wildem Sehnen,
Und Tag und Nacht ruf ich nach ihr! – –

Oft kommt zu mir die tote Blume
Im Fiebertraum; alsdann zumut
Ist mir, als böte sie posthume
Gewährung meiner Liebesglut.

O zärtliches Phantom, umschließe
Mich fest und fester, deinen Mund
Drück ihn auf meinen Mund – versüße
Die Bitternis der letzten Stund!

6

Du warst ein blondes Jungfräulein, so artig,
So niedlich und so kühl – vergebens harrt ich
Der Stunde, wo dein Herze sich erschlösse
Und sich daraus Begeisterung ergösse –

Begeisterung für jene hohen Dinge,
Die zwar Verstand und Prosa achten gringe,
Für die jedoch die Edlen, Schönen, Guten
Auf dieser Erde schwärmen, leiden, bluten.

Am Strand des Rheins, wo Rebenhügel ragen,
Ergingen wir uns einst in Sommertagen.
Die Sonne lachte; aus den liebevollen
Kelchen der Blumen Wohlgerüche quollen.

Die Purpurnelken und die Rosen sandten
Uns rote Küsse, die wie Flammen brannten.
Im kümmerlichsten Gänseblümchen schien
Ein ideales Leben aufzublühn.

Du aber gingest ruhig neben mir,
Im weißen Atlaskleid, voll Zucht und Zier,
Als wie ein Mädchenbild gemalt von Netscher,
Ein Herzchen im Korsett wie'n kleiner Gletscher.

7

Vom Schöppenstuhle der Vernunft
Bist du vollständig freigesprochen;
Das Urtel sagt: die Kleine hat
Durch Tun und Reden nichts verbrochen.

Ja, stumm und tatlos standest du,
Als mich verzehrten tolle Flammen –
Du schürtest nicht, du sprachst kein Wort,
Und doch muß dich mein Herz verdammen.

In meinen Träumen jede Nacht
Klagt eine Stimme, die bezüchtet
Des bösen Willens dich, und sagt,
Du habest mich zu Grund gerichtet.

Sie bringt Beweis und Zeugnis bei,
Sie schleppt ein Bündel von Urkunden;
Jedoch am Morgen, mit dem Traum,
Ist auch die Klägerin verschwunden.

Sie hat in meines Herzens Grund
Mit ihren Akten sich geflüchtet –
Nur eins bleibt im Gedächtnis mir,
Das ist: ich bin zu Grund gerichtet.

8

Ein Wetterstrahl, beleuchtend plötzlich
Des Abgrunds Nacht, war mir dein Brief;
Er zeigte blendend hell wie tief
Mein Unglück ist, wie tief entsetzlich.

Selbst dich ergreift ein Mitgefühl!
Dich, die in meines Lebens Wildnis
So schweigsam standest wie ein Bildnis,
Das marmorschön und marmorkühl.

O Gott, wie muß ich elend sein!
Denn sie sogar beginnt zu sprechen,
Aus ihrem Auge Tränen brechen,
Der Stein sogar erbarmt sich mein!

Erschüttert hat mich, was ich sah!
Auch du erbarm dich mein und spende
Die Ruhe mir, o Gott, und ende
Die schreckliche Tragödia.

9

Die Gestalt der wahren Sphinx
Weicht nicht ab von der des Weibes;
Faselei ist jener Zusatz
Des betatzten Löwenleibes.

Todesdunkel ist das Rätsel
Dieser wahren Sphinx. Es hatte
Kein so schweres zu erraten
Frau Jokastens Sohn und Gatte.

Doch zum Glücke kennt sein eignes
Rätsel nicht das Frauenzimmer;
Spräch es aus das Lösungswort,
Fiele diese Welt in Trümmer.

10

Es sitzen am Kreuzweg drei Frauen,
Sie grinsen und spinnen,
Sie seufzen und sinnen;
Sie sind gar häßlich anzuschauen.

Die erste trägt den Rocken,
Sie dreht die Fäden,
Befeuchtet jeden;
Deshalb ist die Hängelippe so trocken.

Die zweite läßt tanzen die Spindel;
Das wirbelt im Kreise,
In drolliger Weise;
Die Augen der Alten sind rot wie Zindel.

Es hält die dritte Parze
In Händen die Schere,
Sie summt Miserere;
Die Nase ist spitz, drauf sitzt eine Warze.

O spute dich und zerschneide
Den Faden, den bösen,
Und laß mich genesen
Von diesem schrecklichen Lebensleide!

11

Mich locken nicht die Himmelsauen
Im Paradies, im selgen Land;
Dort find ich keine schönre Frauen
Als ich bereits auf Erden fand.

Kein Engel mit den feinsten Schwingen
Könnt mir ersetzen dort mein Weib;
Auf Wolken sitzend Psalmen singen,
Wär auch nicht just mein Zeitvertreib.

O Herr! ich glaub, es wär das Beste,
Du ließest mich in dieser Welt;
Heil nur zuvor mein Leibgebreste
Und sorge auch für etwas Geld.

Ich weiß, es ist voll Sünd und Laster
Die Welt; jedoch ich bin einmal
Gewöhnt, auf diesem Erdpechpflaster
Zu schlendern durch das Jammertal.

Genieren wird das Weltgetreibe
Mich nie, denn selten geh ich aus;
In Schlafrock und Pantoffeln bleibe
Ich gern bei meiner Frau zu Haus.

Laß mich bei ihr! Hör ich sie schwätzen,
Trinkt meine Seele die Musik
Der holden Stimme mit Ergetzen.
So treu und ehrlich ist ihr Blick!

Gesundheit nur und Geldzulage
Verlang ich, Herr! O laß mich froh
Hinleben noch viel schöne Tage
Bei meiner Frau im statu quo!

IX
Die Libelle

Es tanzt die schöne Libelle
Wohl auf des Baches Welle;
Sie tanzt daher, sie tanzt dahin,
Die schimmernde, flimmernde Gauklerin.

Gar mancher junge Käfertor
Bewundert ihr Kleid von blauem Flor,
Bewundert des Leibchens Emaille
Und auch die schlanke Taille.

Gar mancher junge Käfertor
Sein bißchen Käferverstand verlor;
Die Buhlen sumsen von Lieb und Treu,
Versprechen Holland und Brabant dabei.

Die schöne Libelle lacht und spricht:
»Holland und Brabant brauch ich nicht,
Doch sputet Euch, Ihr Freier,
Und holt mir ein Fünkchen Feuer.

Die Köchin kam in Wochen,
Muß selbst mein Süpplein kochen;
Die Kohlen des Herdes erloschen sind –
Holt mir ein Fünkchen Feuer geschwind.«

Kaum hat die Falsche gesprochen das Wort,
Die Käfer flatterten eilig fort.
Sie suchen Feuer, und lassen bald
Weit hinter sich den Heimatwald.

Sie sehen Kerzenlicht, ich glaube
In einer erleuchteten Gartenlaube;
Und die Verliebten, mit blindem Mut
Stürzen sie sich in die Kerzenglut.

Knisternd verzehrten die Flammen der Kerzen
Die Käfer und ihre liebenden Herzen;
Die einen büßten das Leben ein,
Die andern nur die Flügelein.

O wehe dem Käfer, welchem verbrannt
Die Flügel sind! Im fremden Land
Muß er wie ein Wurm am Boden kriechen,
Mit feuchten Insekten, die häßlich riechen.

Die schlechte Gesellschaft, hört man ihn klagen,
Ist im Exil die schlimmste der Plagen.
Wir müssen verkehren mit einer Schar
Von Ungeziefer, von Wanzen sogar,

Die uns behandeln als Kameraden,
Weil wir im selben Schmutze waten –
Drob klagte schon der Schüler Virgils,
Der Dichter der Hölle und des Exils.

Ich denke mit Gram an die bessere Zeit,
Wo ich mit beflügelter Herrlichkeit
Im Heimatäther gegaukelt,
Auf Sonnenblumen geschaukelt,

Aus Rosenkelchen Nahrung sog
Und vornehm war, und Umgang pflog
Mit Schmetterlingen von adligem Sinn,
Und mit der Zikade, der Künstlerin –

Jetzt sind meine armen Flügel verbrannt;
Ich kann nicht zurück ins Vaterland,
Ich bin ein Wurm, und ich verrecke
Und ich verfaule im fremden Drecke.

O, daß ich nie gesehen hätt
Die Wasserfliege, die blaue Kokett
Mit ihrer feinen Taille –
Die schöne, falsche Kanaille!

X
Himmelfahrt

Der Leib liegt auf der Totenbahr,
Jedoch die arme Seele war,
Entrissen irdischem Getümmel,
Schon auf dem Wege nach dem Himmel.

Dort klopft' sie an die hohe Pforte,
Und seufzte tief und sprach die Worte:
Sankt Peter, komm und schließe auf!
Ich bin so müde vom Lebenslauf –
Ausruhen möcht ich auf seidnen Pfühlen

Im Himmelreich, ich möchte spielen
Mit lieben Englein Blindekuh
Und endlich genießen Glück und Ruh!

Man hört Pantoffelgeschlappe jetzund,
Auch klirrt es wie ein Schlüsselbund,
Und aus einem Gitterfenster am Tor
Sankt Peters Antlitz schaut hervor.

Er spricht: »Es kommen die Vagabunde,
Zigeuner, Polacken und Lumpenhunde,
Die Tagediebe, die Hottentotten –
Sie kommen einzeln und in Rotten,
Und wollen in den Himmel hinein
Und Engel werden und selig sein.
Holla! Holla! Für Galgengesichter
Von eurer Art, für solches Gelichter
Sind nicht erbaut die himmlischen Hallen –
Ihr seid dem leidigen Satan verfallen.
Fort, fort von hier! und trollt euch schnelle
Zum schwarzen Pfuhle der ewigen Hölle« –

So brummt der Alte, doch kann er nicht
Im Polterton verharren, er spricht
Gutmütig am Ende die tröstenden Worte:
»Du arme Seele, zu jener Sorte
Halunken scheinst du nicht zu gehören –
Nu! Nu! Ich will deinen Wunsch gewähren,
Weil heute mein Geburtstag just
Und mich erweicht barmherzige Lust –
Nenn mir daher die Stadt und das Reich,
Woher du bist; sag mir zugleich,
Ob du vermählt warst? – Ehliches Dulden
Sühnt oft des Menschen ärgste Schulden;

Ein Ehmann braucht nicht in der Hölle zu schmoren,
Ihn läßt man nicht warten vor Himmelstoren.«

Die Seele antwortet: Ich bin aus Preußen,
Die Vaterstadt ist Berlin geheißen.
Dort rieselt die Spree, und in ihr Bette
Pflegen zu wässern die jungen Kadette;
Sie fließt gemütlich über, wenns regent –
Berlin ist auch eine schöne Gegend!
Dort bin ich Privatdozent gewesen,
Und hab über Philosophie gelesen –
Mit einem Stiftsfräulein war ich vermählt,
Doch hat sie oft entsetzlich krakeelt,
Besonders wenn im Haus kein Brot –
Drauf bin ich gestorben und bin jetzt tot.

Sankt Peter rief: »O weh! o weh!
Die Philosophie ist ein schlechtes Metier.
Wahrhaftig, ich begreife nie,
Warum man treibt Philosophie.
Sie ist langweilig und bringt nichts ein,
Und gottlos ist sie obendrein;
Da lebt man nur in Hunger und Zweifel,
Und endlich wird man geholt vom Teufel.
Gejammert hat wohl deine Xantuppe
Oft über die magre Wassersuppe,
Woraus niemals ein Auge von Fett
Sie tröstend angelächelt hätt –
Nun sei getrost, du arme Seele!
Ich habe zwar die strengsten Befehle,
Jedweden, der sich je im Leben
Mit Philosophie hat abgegeben,
Zumalen mit der gottlos deutschen,
Ich soll ihn schimpflich von hinnen peitschen –

Doch mein Geburtstag, wie gesagt,
Ist eben heut, und fortgejagt
Sollst du nicht werden, ich schließe dir auf
Das Himmelstor, und jetzo lauf
Geschwind herein –
Jetzt bist du geborgen!
Den ganzen Tag, vom frühen Morgen
Bis abends spät, kannst du spazieren
Im Himmel herum und träumend flanieren
Auf edelsteingepflasterten Gassen.
Doch wisse, hier darfst du dich nie befassen
Mit Philosophie, du würdest mich
Kompromittieren fürchterlich –
Hörst du die Engel singen, so schneide
Ein schiefes Gesicht verklärter Freude –
Hat aber gar ein Erzengel gesungen,
Sei gänzlich von Begeistrung durchdrungen
Und sag ihm, daß die Malibran
Niemals besessen solchen Sopran –
Auch applaudiere immer die Stimm
Der Cherubim und der Seraphim,
Vergleiche sie mit Signor Rubini,
Mit Mario und Tamburini –
Gib ihnen den Titel von Exzellenzen
Und knickre nicht mit Reverenzen.
Die Sänger, im Himmel wie auf Erden,
Sie wollen alle geschmeichelt werden –
Der Weltkapellenmeister hier oben,
Er selbst sogar, hört gerne loben
Gleichfalls seine Werke, er hört es gern
Wenn man lobsinget Gott dem Herrn,
Und seinem Preis und Ruhm ein Psalm
Erklingt im dicksten Weihrauchqualm.

Vergiß mich nicht. Wenn dir die Pracht
Des Himmels einmal Langweile macht,
So komm zu mir; dann spielen wir Karten.
Ich kenne Spiele von allen Arten,
Vom Lanzknecht bis zum König Pharo.
Wir trinken auch – Doch apropos!
Begegnet dir von ungefähr
Der liebe Gott, und fragt dich: woher
Du seiest? so sage nicht aus Berlin,
Sag lieber aus München oder aus Wien.«

XI
Die Wahlverlobten

Du weinst und siehst mich an, und meinst,
Daß du ob meinem Elend weinst –
Du weißt nicht, Weib! dir selber gilt
Die Trän, die deinem Aug entquillt.

O, sage mir, ob nicht vielleicht
Zuweilen dein Gemüt beschleicht
Die Ahnung, die dir offenbart,
Daß Schicksalswille uns gepaart?
Vereinigt, war uns Glück hienieden,
Getrennt, nur Untergang beschieden.

Im großen Buche stand geschrieben,
Wir sollten uns einander lieben.
Dein Platz, er sollt an meiner Brust sein,
Hier wär erwacht dein Selbstbewußtsein;
Ich hätt dich aus dem Pflanzentume
Erlöst, emporgeküßt, o Blume,
Empor zu mir, zum höchsten Leben –
Ich hätt dir eine Seel gegeben.

Jetzt, wo gelöst die Rätsel sind,
Der Sand im Stundenglas verrinnt –
O weine nicht, es mußte sein –
Ich scheide, und du welkst allein;
Du welkst, bevor du noch geblüht,
Erlöschest, eh du noch geglüht;
Du stirbst, dich hat der Tod erfaßt,
Bevor du noch gelebet hast.

Ich weiß es jetzt. Bei Gott! du bist es,
Die ich geliebt. Wie bitter ist es,
Wenn im Momente des Erkennens
Die Stunde schlägt des ewgen Trennens!
Der Willkomm ist zu gleicher Zeit
Ein Lebewohl! Wir scheiden heut
Auf immerdar. Kein Wiedersehn
Gibt es für uns in Himmelshöhn.
Die Schönheit ist dem Staub verfallen,
Du wirst zerstieben, wirst verhallen.

Viel anders ist es mit Poeten;
Die kann der Tod nicht gänzlich töten.
Uns trifft nicht weltliche Vernichtung,
Wir leben fort im Land der Dichtung,
In Avalun, dem Feenreiche –
Leb wohl auf ewig, schöne Leiche!

XII
Der Philanthrop

Das waren zwei liebe Geschwister,
Die Schwester war arm, der Bruder war reich.
Zum Reichen sprach die Arme:
Gib mir ein Stückchen Brot.

Zur Armen sprach der Reiche:
»Laß mich nur heut in Ruh.
Heut geb ich mein jährliches Gastmahl
Den Herren vom großen Rat.

Der eine liebt Schildkrötensuppe,
Der andere Ananas,
Der dritte ißt gern Fasanen
Mit Trüffeln von Périgord.

Der vierte speist nur Seefisch,
Der fünfte verzehrt auch Lachs,
Der sechste, der frißt alles,
Und trinkt noch mehr dazu.«

Die arme, arme Schwester
Ging hungrig wieder nach Haus;
Sie warf sich auf den Strohsack
Und seufzte tief und starb.

Wir müssen alle sterben!
Des Todes Sense trifft
Am End den reichen Bruder,
Wie er die Schwester traf.

Und als der reiche Bruder
Sein Stündlein kommen sah,
Da schickt' er zum Notare
Und macht' sein Testament.

Beträchtliche Legate
Bekam die Geistlichkeit,
Die Schulanstalten, das große
Museum für Zoologie.

Mit edlen Summen bedachte
Der große Testator zumal
Die Judenbekehrungsgesellschaft
Und das Taubstummeninstitut.

Er schenkte eine Glocke
Dem neuen Sankt-Stephansturm;
Die wiegt fünfhundert Zentner
Und ist vom besten Metall.

Das ist eine große Glocke
Und läutet spat und früh;
Sie läutet zum Lob und Ruhme
Des unvergeßlichen Manns.

Sie meldet mit eherner Zunge,
Wie viel er Gutes getan
Der Stadt und seinen Mitbürgern
Von jeglicher Konfession.

Du großer Wohltäter der Menschheit!
Wie im Leben, soll auch im Tod
Jedwede deiner Wohltaten
Verkünden die große Glock!

Das Leichenbegängnis wurde
Gefeiert mit Prunk und Pracht;
Es strömte herbei die Menge,
Und staunte ehrfurchtsvoll.

Auf einem schwarzen Wagen,
Der gleich einem Baldachin
Mit schwarzen Straußfederbüscheln
Gezieret, ruhte der Sarg.

Der strotzte von Silberblechen
Und Silberstickerein;
Es machte auf schwarzem Grunde
Das Silber den schönsten Effekt.

Den Wagen zogen sechs Rosse,
In schwarzen Decken vermummt;
Die fielen gleich Trauermänteln
Bis zu den Hufen hinab.

Dicht hinter dem Sarge gingen
Bediente in schwarzer Livree,
Schneeweiße Schnupftücher haltend
Vor dem kummerroten Gesicht.

Sämtliche Honoratioren
Der Stadt, ein langer Zug
Von schwarzen Paradekutschen,
Wackelte hinten nach.

In diesem Leichenzuge,
Versteht sich, befanden sich auch
Die Herren vom hohen Rate,
Doch waren sie nicht komplett.

Es fehlte jener, der gerne
Fasanen mit Trüffeln aß;
War kurz vorher gestorben
An einer Indigestion.

XIII
Die Launen der Verliebten

(Eine wahre Geschichte,
nach ältern Dokumenten wiedererzählt
und aufs neue in schöne deutsche Reime gebracht.)

Der Käfer saß auf dem Zaun, betrübt;
Er hat sich in eine Fliege verliebt.

Du bist, o Fliege meiner Seele,
Die Gattin, die ich auserwähle.

Heirate mich und sei mir hold!
Ich hab einen Bauch von eitel Gold.

Mein Rücken ist eine wahre Pracht;
Da flammt der Rubin, da glänzt der Smaragd.

O daß ich eine Närrin wär!
Ein'n Käfer nehm ich nimmermehr.

Mich lockt nicht Gold, Rubin und Smaragd;
Ich weiß, daß Reichtum nicht glücklich macht.

Nach Idealen schwärmt mein Sinn,
Weil ich eine stolze Fliege bin. –

Der Käfer flog fort mit großem Grämen;
Die Fliege ging ein Bad zu nehmen.

Wo ist denn meine Magd die Biene,
Daß sie beim Waschen mich bediene;

Daß sie mir streichle die feine Haut,
Denn ich bin eines Käfers Braut.

Wahrhaftig, ich mach eine große Partie;
Viel schöneren Käfer gab es nie.

Sein Rücken ist eine wahre Pracht;
Da flammt der Rubin, da glänzt der Smaragd.

Sein Bauch ist gülden, hat noble Züge;
Vor Neid wird bersten gar manche Schmeißfliege.

Spute dich, Bienchen, und frisier mich,
Und schnüre die Taille und parfümier mich;

Reib mich mit Rosenessenzen, und gieße
Lavendelöl auf meine Füße,

Damit ich gar nicht stinken tu,
Wenn ich in des Bräutgams Armen ruh.

Schon flirren heran die blauen Libellen,
Und huldigen mir als Ehrenmamsellen.

Sie winden mir in den Jungfernkranz
Die weiße Blüte der Pomeranz.

Viel Musikanten sind eingeladen,
Auch Sängerinnen, vornehme Zikaden.

Rohrdommel und Horniß, Bremse und Hummel,
Sie sollen trompeten und schlagen die Trummel;

Sie sollen aufspielen zum Hochzeitfest –
Schon kommen die bunt beflügelten Gäst,

Schon kommt die Familie, geputzt und munter;
Gemeine Insekten sind viele darunter.

Heuschrecken und Wespen, Muhmen und Basen,
Sie kommen heran – Die Trompeten blasen.

Der Pastor Maulwurf im schwarzen Ornat,
Da kommt er gleichfalls – es ist schon spat.

Die Glocken läuten, bim-bam, bim-bam –
Wo bleibt mein liebster Bräutigam? – –

Bim-bam, bim-bam, klingt Glockengeläute,
Der Bräutgam aber flog fort ins Weite.

Die Glocken läuten, bim-bam, bim-bam –
Wo bleibt mein liebster Bräutigam?

Der Bräutigam hat unterdessen
Auf einem fernen Misthaufen gesessen.

Dort blieb er sitzen sieben Jahr,
Bis daß die Braut verfaulet war.

XIV
Mimi

Bin kein sittsam Bürgerkätzchen,
Nicht im frommen Stübchen spinn ich,
Auf dem Dach, in freier Luft,
Eine freie Katze bin ich.

Wenn ich sommernächtlich schwärme,
Auf dem Dache, in der Kühle,
Schnurrt und knurrt in mir Musik,
Und ich singe was ich fühle.

Also spricht sie. Aus dem Busen
Wilde Brautgesänge quellen,
Und der Wohllaut lockt herbei
Alle Katerjunggesellen.

Alle Katerjunggesellen,
Schnurrend, knurrend, alle kommen,
Mit Mimi zu musizieren,
Liebelechzend, lustentglommen.

Das sind keine Virtuosen,
Die entweiht jemals für Lohngunst
Die Musik, sie blieben stets
Die Apostel heilger Tonkunst.

Brauchen keine Instrumente,
Sie sind selber Bratsch und Flöte;
Eine Pauke ist ihr Bauch,
Ihre Nasen sind Trompeten.

Sie erheben ihre Stimmen
Zum Konzert gemeinsam jetzo;
Das sind Fugen, wie von Bach
Oder Guido von Arezzo.

Das sind tolle Symphonien,
Wie Capricen von Beethoven
Oder Berlioz, der wird
Schnurrend, knurrend übertroffen.

Wunderbare Macht der Töne!
Zauberklänge sondergleichen!
Sie erschüttern selbst den Himmel
Und die Sterne dort erbleichen.

Wenn sie hört die Zauberklänge,
Wenn sie hört die Wundertöne,
So verhüllt ihr Angesicht
Mit dem Wolkenflor Selene.

Nur das Lästermaul, die alte
Primadonna Philomele
Rümpft die Nase, schnupft und schmäht
Mimis Singen – kalte Seele!

Doch gleichviel! Das musizieret,
Trotz dem Neide der Signora,
Bis am Horizont erscheint
Rosig lächelnd Fee Aurora.

XV
Guter Rat

Laß dein Grämen und dein Schämen!
Werbe keck und fordre laut,
Und man wird sich dir bequemen,
Und du führest heim die Braut.

Wirf dein Gold den Musikanten,
Denn die Fiedel macht das Fest;
Küsse deine Schwiegertanten,
Denkst du gleich: Hol euch die Pest!

Rede gut von einem Fürsten
Und nicht schlecht von einer Frau;
Knickre nicht mit deinen Würsten,
Wenn du schlachtest eine Sau.

Ist die Kirche dir verhaßt, Tor,
Desto öfter geh hinein;
Zieh den Hut ab vor dem Pastor,
Schick ihm auch ein Fläschchen Wein.

Fühlst du irgendwo ein Jücken,
Kratze dich als Ehrenmann,
Wenn dich deine Schuhe drücken,
Nun, so zieh Pantoffeln an.

Hat versalzen dir die Suppe
Deine Frau, bezähm die Wut,
Sag ihr lächelnd: Süße Puppe,
Alles was du kochst, ist gut.

Trägt nach einem Schal Verlangen
Deine Frau, so kauf ihr zwei;
Kauf ihr Spitzen, goldne Spangen
Und Juwelen noch dabei.

Wirst du diesen Rat erproben,
Dann, mein Freund! genießest du
Einst das Himmelreich dort oben,
Und du hast auf Erden Ruh.

XVI
Erinnerung an Hammonia

Waisenkinder, zwei und zwei,
Wallen fromm und froh vorbei,
Tragen alle blaue Röckchen,
Haben alle rote Bäckchen –
O, die hübschen Waisenkinder!

Jeder sieht sie an gerührt,
Und die Büchse klingeliert;
Von geheimen Vaterhänden
Fließen ihnen reiche Spenden –
O, die hübschen Waisenkinder!

Frauen, die gefühlvoll sind,
Küssen manchem armen Kind
Sein Rotznäschen und sein Schnütchen,
Schenken ihm ein Zuckertütchen –
O, die hübschen Waisenkinder!

Schmuhlchen wirft verschämten Blicks
Einen Taler in die Büchs –

Denn er hat ein Herz – und heiter
Schleppt er seinen Zwerchsack weiter.
O, die hübschen Waisenkinder!

Einen golden Louisdor
Gibt ein frommer Herr; zuvor
Guckt er in die Himmelshöhe,
Ob der liebe Gott ihn sähe?
O, die hübschen Waisenkinder!

Litzenbrüder, Arbeitsleut,
Hausknecht', Küper, feiern heut;
Werden manche Flasche leeren
Auf das Wohlsein dieser Gören –
O, die hübschen Waisenkinder!

Schutzgöttin Hammonia
Folgt dem Zug inkognita,
Stolz bewegt sie die enormen
Massen ihrer hintern Formen –
O, die hübschen Waisenkinder!

Vor dem Tor, auf grünem Feld,
Rauscht Musik im hohen Zelt,
Das bewimpelt und beflittert;
Dorten werden abgefüttert
Diese hübschen Waisenkinder.

Sitzen dort in langer Reih,
Schmausen gütlich süßen Brei,
Torten, Kuchen, leckre Speischen,
Und sie knuspern wie die Mäuschen,
Diese hübschen Waisenkinder.

Leider kommt mir in den Sinn
Jetzt ein Waisenhaus, worin
Kein so fröhliches Gastieren;
Gar elendig lamentieren
Dort Millionen Waisenkinder.

Die Montur ist nicht egal,
Manchem fehlt das Mittagsmahl;
Keiner geht dort mit dem andern,
Einsam, kummervoll dort wandern
Viel Millionen Waisenkinder.

XVII
Schnapphahn und Schnapphenne

Derweilen auf dem Lotterbette
Mich Lauras Arm umschlang – der Fuchs,
Ihr Herr Gemahl, aus meiner Buchs
Stibitzt er mir die Bankbillette.

Da steh ich nun mit leeren Taschen!
War Lauras Kuß gleichfalls nur Lug?
Ach! Was ist Wahrheit? Also frug
Pilat und tät die Händ sich waschen.

Die böse Welt, die so verdorben,
Verlaß ich bald, die böse Welt.
Ich merke, hat der Mensch kein Geld,
So ist der Mensch schon halb gestorben.

Nach Euch, Ihr ehrlich reinen Seelen,
Die Ihr bewohnt das Reich des Lichts,
Sehnt sich mein Herz. Dort braucht Ihr nichts,
Und braucht deshalb auch nicht zu stehlen.

XVIII
Jung-Katerverein für Poesiemusik

Der philharmonische Katerverein
War auf dem Dache versammelt
Heut Nacht – doch nicht aus Sinnenbrunst;
Da ward nicht gebuhlt und gerammelt.

Es paßt kein Sommernachtshochzeitstraum,
Es passen nicht Lieder der Minne
Zur Winterjahrzeit, zu Frost und Schnee;
Gefroren war jede Rinne.

Auch hat überhaupt ein neuer Geist
Der Katzenschaft sich bemeistert;
Die Jugend zumal, der Jung-Kater ist
Für höheren Ernst begeistert.

Die alte frivole Generation
Verröchelt; ein neues Bestreben,
Ein Katzenfrühling der Poesie
Regt sich in Kunst und Leben.

Der philharmonische Katerverein,
Er kehrt zur primitiven
Kunstlosen Tonkunst jetzt zurück,
Zum schnauzenwüchsig Naiven.

Er will die Poesiemusik,
Rouladen ohne Triller,
Die Instrumental- und Vokalpoesie,
Die keine Musik ist, will er.

Er will die Herrschaft des Genies,
Das freilich manchmal stümpert,
Doch in der Kunst oft unbewußt
Die höchste Staffel erklimpert.

Er huldigt dem Genie, das sich
Nicht von der Natur entfernt hat,
Sich nicht mit Gelehrsamkeit brüsten will
Und wirklich auch nichts gelernt hat.

Dies ist das Programm des Katervereins,
Und voll von diesem Streben
Hat er sein erstes Winterkonzert
Heut Nacht auf dem Dache gegeben.

Doch schrecklich war die Exekution
Der großen Idee, der pompösen –
Häng dich, mein teurer Berlioz,
Daß du nicht dabei gewesen!

Das war ein Charivari, als ob
Einen Kuhschwanzhopsaschleifer
Plötzlich aufspielten, branntweinberauscht,
Drei Dutzend Dudelsackpfeifer.

Das war ein Tauhu-Wauhu, als ob
In der Arche Noä anfingen
Sämtliche Tiere unisono
Die Sündflut zu besingen.

O, welch ein Krächzen und Heulen und Knurrn,
Welch ein Miaun und Gegröle!
Die alten Schornsteine stimmten ein
Und schnauften Kirchenchoräle.

Zumeist vernehmbar war eine Stimm,
Die kreischend zugleich und matte
Wie einst die Stimme der Sontag war,
Als sie keine Stimme mehr hatte.

Das tolle Konzert! Ich glaube, es ward
Ein großes Tedeum gesungen,
Zur Feier des Siegs, den über Vernunft
Der frechste Wahnsinn errungen.

Vielleicht auch ward vom Katerverein
Die große Oper probieret,
Die Ungarns größter Pianist
Für Charenton komponieret.

Es hat bei Tagesanbruch erst
Der Sabbat ein Ende genommen;
Eine schwangere Köchin ist dadurch
Zu früh in die Wochen gekommen.

Die sinnbetörte Wöchnerin
Hat ganz das Gedächtnis verloren;
Sie weiß nicht mehr, wer der Vater ist
Des Kindes, das sie geboren.

War es der Peter? War es der Paul?
Sag, Lise, wer ist der Vater?
Die Lise lächelt verklärt und spricht:
O Liszt, du himmlischer Kater!

XIX
Hans ohne Land

Leb wohl, mein Weib, sprach Hans ohne Land,
Mich rufen hohe Zwecke;
Ein andres Waidwerk harret mein,
Ich schieße jetzt andre Böcke.

Ich laß dir mein Jagdhorn zurück, du kannst
Mit Tuten, wenn ich entfernet,
Die Zeit vertreiben; du hast ja zu Haus
Das Posthorn blasen gelernet.

Ich laß dir auch meinen Hund zurück,
Daß er die Burg behüte;
Mich selbst bewache mein deutsches Volk
Mit pudeltreuem Gemüte.

Sie bieten mir an die Kaiserkron,
Die Liebe ist kaum zu begreifen;
Sie tragen mein Bild in ihrer Brust
Und auf den Tabakspfeifen.

Ihr Deutschen seid ein großes Volk,
So simpel und doch so begabet!
Man sieht Euch wahrhaftig nicht an, daß Ihr
Das Pulver erfunden habet.

Nicht Kaiser, Vater will ich Euch sein,
Ich werde Euch glücklich machen –
O schöner Gedanke! er macht mich so stolz,
Als wär ich die Mutter der Gracchen.

Nicht mit dem Verstand, nein, mit dem Gemüt
Will ich mein Volk regieren;
Ich bin kein Diplomatikus
Und kann nicht politisieren.

Ich bin ein Jäger, ein Mensch der Natur,
Im Walde aufgewachsen
Mit Gemsen und Schnepfen, mit Rehbock und Sau,
Ich mache nicht Worte, nicht Faxen.

Ich ködre durch keine Proklamation,
Durch keinen gedruckten Lockwisch;
Ich sage: Mein Volk, es fehlt der Lachs,
Begnüge dich heut mit dem Stockfisch.

Gefall ich dir nicht als Kaiser, so nimm
Den ersten besten Lausangel.
Ich habe zu essen auch ohne dich,
Ich litt in Tirol nicht Mangel.

So red ich; doch jetzt, mein Weib, leb wohl!
Ich kann nicht länger weilen;
Des Schwiegervaters Postillon
Erwartet mich schon mit den Gäulen.

Reich mir geschwind die Reisemütz
Mit dem schwarz-rot-goldnen Bande –
Bald siehst du mich mit dem Diadem
Im alten Kaisergewande.

Bald schaust du mich in dem Pluvial,
Dem Purpurtalar, dem schönen,
Den weiland dem Kaiser Otto geschenkt
Der Sultan der Sarazenen.

Darunter trag ich die Dalmatika,
Worin gestickt mit Juwelen
Ein Zug von fabelhaftem Getier,
Von Löwen und Kamelen.

Ich trage die Stola auf der Brust,
Die ist gezieret bedeutsam
Mit schwarzen Adlern im gelben Grund;
Die Tracht ist äußerst kleidsam.

Leb wohl! Die Nachwelt wird sagen, daß ich
Verdiente, die Krone zu tragen –
Wer weiß? Die Nachwelt wird vielleicht
Halt gar nichts von mir sagen.

XX
Erinnerung aus Krähwinkels Schreckenstagen

Wir Bürgermeister und Senat,
Wir haben folgendes Mandat
Stadtväterlichst an alle Klassen
Der treuen Bürgerschaft erlassen.

Ausländer, Fremde, sind es meist,
Die unter uns gesät den Geist
Der Rebellion. Dergleichen Sünder,
Gottlob! sind selten Landeskinder.

Auch Gottesleugner sind es meist;
Wer sich von seinem Gotte reißt,
Wird endlich auch abtrünnig werden
Von seinen irdischen Behörden.

Der Obrigkeit gehorchen, ist
Die erste Pflicht für Jud und Christ.
Es schließe jeder seine Bude
Sobald es dunkelt, Christ und Jude.

Wo ihrer drei beisammen stehn,
Da soll man auseinander gehn.
Des Nachts soll niemand auf den Gassen
Sich ohne Leuchte sehen lassen.

Es liefre seine Waffen aus
Ein jeder in dem Gildenhaus;
Auch Munition von jeder Sorte
Wird deponiert am selben Orte.

Wer auf der Straße räsoniert,
Wird unverzüglich füsiliert;
Das Räsonieren durch Gebärden
Soll gleichfalls hart bestrafet werden.

Vertrauet Eurem Magistrat,
Der fromm und liebend schützt den Staat
Durch huldreich hochwohlweises Walten;
Euch ziemt es, stets das Maul zu halten.

XXI
Die Audienz
(Eine alte Fabel)

Ich laß nicht die Kindlein, wie Pharao,
Ersäufen im Nilstromwasser;
Ich bin auch kein Herodestyrann,
Kein Kinderabschlachtenlasser.

Ich will, wie einst mein Heiland tat,
Am Anblick der Kinder mich laben;
Laß zu mir kommen die Kindlein, zumal
Das große Kind aus Schwaben.

So sprach der König; der Kämmerer lief,
Und kam zurück und brachte
Herein das große Schwabenkind,
Das seinen Diener machte.

Der König sprach: Du bist wohl ein Schwab?
Das ist just keine Schande.
Geraten! erwidert der Schwab, ich bin
Geboren im Schwabenlande.

Stammst du von den sieben Schwaben ab?
Frug jener. Ich tu abstammen
Nur von einem einzgen, erwidert der Schwab,
Doch nicht von allen zusammen.

Der König frug ferner: Sind dieses Jahr
Die Knödel in Schwaben geraten?
Ich danke der Nachfrag, antwortet der Schwab,
Sie sind sehr gut geraten.

Habt ihr noch große Männer? frug
Der König. Im Augenblicke
Fehlt es an großen, erwidert der Schwab,
Wir haben jetzt nur dicke.

Hat Menzel, frug weiter der König, seitdem
Noch viel Maulschellen erhalten?
Ich danke der Nachfrag, erwidert der Schwab,
Er hat noch genug an den alten.

Der König sprach: Du bist nicht so dumm,
Als wie du aussiehst, mein Holder.
Das kommt, erwidert der Schwab, weil mich
In der Wiege vertauscht die Kobolder.

Der König sprach: Es pflegt der Schwab
Sein Vaterland zu lieben –
Nun sage mir, was hat dich fort
Aus deiner Heimat getrieben?

Der Schwabe antwortet: Tagtäglich gabs
Nur Sauerkraut und Rüben;
Hätt meine Mutter Fleisch gekocht,
So wär ich dort geblieben.

Erbitte dir eine Gnade, sprach
Der König. Da kniete nieder
Der Schwabe und rief: O geben Sie, Sire,
Dem Volke die Freiheit wieder!

Der Mensch ist frei, es hat die Natur
Ihn nicht geboren zum Knechte –
O geben Sie, Sire, dem deutschen Volk
Zurück seine Menschenrechte!

Der König stand erschüttert tief –
Es war eine schöne Szene; –
Mit seinem Rockärmel wischte sich
Der Schwab aus dem Auge die Träne.

Der König sprach endlich: Ein schöner Traum! –
Leb wohl, und werde gescheiter;
Und da du ein Somnambülericht,
So geb ich dir zwei Begleiter,

Zwei sichre Gendarmen, die sollen dich
Bis an die Grenze führen –
Leb wohl! ich muß zur Parade gehn,
Schon hör ich die Trommel rühren.

So hat die rührende Audienz
Ein rührendes Ende genommen.
Doch ließ der König seitdem nicht mehr
Die Kindlein zu sich kommen.

XXII
Kobes I.

Im Jahre achtundvierzig hielt,
Zur Zeit der großen Erhitzung,
Das Parlament des deutschen Volks
Zu Frankfurt seine Sitzung.

Damals ließ auch auf dem Römer dort
Sich sehen die weiße Dame,
Das unheilkündende Gespenst;
Die Schaffnerin ist sein Name.

Man sagt, sie lasse sich jedesmal
Des Nachts auf dem Römer sehen,
So oft einen großen Narrenstreich
Die lieben Deutschen begehen.

Dort sah ich sie selbst um jene Zeit
Durchwandeln die nächtliche Stille
Der öden Gemächer, wo aufgehäuft
Des Mittelalters Gerülle.

Die Lampe und ein Schlüsselbund
Hielt sie in den bleichen Händen;
Sie schloß die großen Truhen auf
Und die Schränke an den Wänden.

Da liegen die Kaiser-Insignia,
Da liegt die goldene Bulle,
Das Zepter, die Krone, der Apfel des Reichs
Und manche ähnliche Schrulle.

Da liegt das alte Kaiser-Ornat,
Verblichen purpurner Plunder,
Die Garderobe des deutschen Reichs,
Verrostet, vermodert jetzunder.

Die Schaffnerin schüttelt wehmütig das Haupt
Bei diesem Anblick, doch plötzlich
Mit Widerwillen ruft sie aus:
Das alles stinkt entsetzlich!

Das alles stinkt nach Mäusedreck,
Das ist verfault und verschimmelt,
Und in dem stolzen Lumpenkram
Das Ungeziefer wimmelt.

Wahrhaftig, auf diesem Hermelin,
Dem Krönungsmantel, dem alten,
Haben die Katzen des Römerquartiers
Ihr Wochenbett gehalten.

Da hilft kein Ausklopfen! Daß Gott sich erbarm
Des künftigen Kaisers! Mit Flöhen
Wird ihn der Krönungsmantel gewiß
Auf Lebenszeit versehen.

Und wisset, wenn es den Kaiser juckt,
So müssen die Völker sich kratzen –
O Deutsche! Ich fürchte, die fürstlichen Flöh,
Die kosten Euch manchen Batzen.

Jedoch wozu noch Kaiser und Flöh?
Verrostet ist und vermodert
Das alte Kostüm – Die neue Zeit
Auch neue Röcke fodert.

Mit Recht sprach auch der deutsche Poet,
Zum Rotbart im Kyffhäuser:
»Betracht ich die Sache ganz genau,
So brauchen wir gar keinen Kaiser!«

Doch wollt Ihr durchaus ein Kaisertum,
Wollt Ihr einen Kaiser küren,
Ihr lieben Deutschen! laßt Euch nicht
Von Geist und Ruhm verführen.

Erwählet kein Patrizierkind,
Erwählet einen vom Plebse,
Erwählt nicht den Fuchs und nicht den Leu,
Erwählt den dümmsten der Schöpse.

Erwählt den Sohn Colonias,
Den dummen Kobes von Köllen;
Der ist in der Dummheit fast ein Genie,
Er wird sein Volk nicht prellen.

Ein Klotz ist immer der beste Monarch,
Das zeigt Äsop in der Fabel;
Er frißt uns arme Frösche nicht,
Wie der Storch mit dem langen Schnabel.

Seid sicher, der Kobes wird kein Tyrann,
Kein Nero, kein Holofernes;
Er hat kein grausam antikes Herz,
Er hat ein weiches, modernes.

Der Krämerstolz verschmähte dies Herz,
Doch an die Brust des Heloten
Der Werkstatt warf der Gekränkte sich
Und ward die Blume der Knoten.

Die Brüder der Handwerksburschenschaft
Erwählten zum Sprecher den Kobes;
Er teilte mit ihnen ihr letztes Stück Brot,
Sie waren voll seines Lobes.

Sie rühmten, daß er nie studiert
Auf Universitäten,
Und Bücher schrieb aus sich selbst heraus,
Ganz ohne Fakultäten.

Ja, seine ganze Ignoranz
Hat er sich selbst erworben;
Nicht fremde Bildung und Wissenschaft
Hat je sein Gemüt verdorben.

Gleichfalls sein Geist, sein Denken blieb
Ganz frei vom Einfluß abstrakter
Philosophie – Er blieb Er selbst!
Der Kobes ist ein Charakter.

In seinem schönen Auge glänzt
Die Träne, die stereotype;
Und eine dicke Dummheit liegt
Beständig auf seiner Lippe.

Er schwätzt und flennt und flennt und schwätzt,
Worte mit langen Ohren!
Eine schwangere Frau, die ihn reden gehört,
Hat einen Esel geboren.

Mit Bücherschreiben und Stricken vertreibt
Er seine müßigen Stunden;
Es haben die Strümpfe, die er gestrickt,
Sehr großen Beifall gefunden.

Apoll und die Musen muntern ihn auf,
Sich ganz zu widmen dem Stricken –
Sie erschrecken, so oft sie in seiner Hand
Einen Gänsekiel erblicken.

Das Stricken mahnt an die alte Zeit
Der Funken. Auf ihren Wachtposten
Standen sie strickend – die Helden von Köln,
Sie ließen die Eisen nicht rosten.

Wird Kobes Kaiser, so ruft er gewiß
Die Funken wieder ins Leben.
Die tapfere Schar wird seinen Thron
Als Kaisergarde umgeben.

Wohl möcht ihn gelüsten, an ihrer Spitz
In Frankreich einzudringen,
Elsaß, Burgund und Lothringerland
An Deutschland zurückzubringen.

Doch fürchtet nichts, er bleibt zu Haus;
Hier fesselt ihn friedliche Sendung,
Die Ausführung einer hohen Idee,
Des Kölner Doms Vollendung.

Ist aber der Dom zu Ende gebaut,
Dann wird sich der Kobes erbosen
Und mit dem Schwerte in der Hand
Zur Rechenschaft ziehn die Franzosen.

Er nimmt ihnen Elsaß und Lothringen ab,
Das sie dem Reiche entwendet,
Er zieht auch siegreich nach Burgund –
Sobald der Dom vollendet.

Ihr Deutsche! bleibt Ihr bei Eurem Sinn,
Wollt Ihr durchaus einen Kaiser,
So sei es ein Karnevalskaiser von Köln
Und Kobes der Erste heiß er!

Die Gecken des Kölner Faschingvereins,
Mit klingelnden Schellenkappen,
Die sollen seine Minister sein;
Er trage den Strickstrumpf im Wappen.

Der Drickes sei Kanzler, und nenne sich
Graf Drickes von Drickeshausen;
Die Staatsmätresse Marizebill
Die soll den Kaiser lausen.

In seiner guten, heilgen Stadt Köln
Wird Kobes residieren –
Und hören die Kölner die frohe Mär,
Sie werden illuminieren.

Die Glocken, die eisernen Hunde der Luft,
Erheben ein Freudengebelle,
Und die heilgen drei Könge aus Morgenland
Erwachen in ihrer Kapelle.

Sie treten hervor mit dem Klappergebein,
Sie tänzeln vor Wonne und springen.
Halleluja und Kyrie
Eleison hör ich sie singen. – –

So sprach das weiße Nachtgespenst,
Und lachte aus voller Kehle;
Das Echo scholl so schauerlich
Durch alle die hallenden Säle.

XXIII
Epilog

Unser Grab erwärmt der Ruhm.
Torenworte! Narrentum!
Eine bessre Wärme gibt
Eine Kuhmagd, die verliebt
Uns mit dicken Lippen küßt
Und beträchtlich riecht nach Mist.
Gleichfalls eine bessre Wärme
Wärmt dem Menschen die Gedärme,
Wenn er Glühwein trinkt und Punsch
Oder Grog nach Herzenswunsch

In den niedrigsten Spelunken,
Unter Dieben und Halunken,
Die dem Galgen sind entlaufen,
Aber leben, atmen, schnaufen,
Und beneidenswerter sind,
Als der Thetis großes Kind –
Der Pelide sprach mit Recht:
Leben wie der ärmste Knecht
In der Oberwelt ist besser,
Als am stygischen Gewässer
Schattenführer sein, ein Heros,
Den besungen selbst Homeros.

NACHLESE ZU ›GEDICHTE. 1853 UND 1854‹

ZEITGENÖSSISCH GEDRUCKTE GEDICHTE

Lied der Marketenderin
(Aus dem dreißigjährigen Krieg)

Und die Husaren lieb ich sehr,
Ich liebe sehr dieselben;
Ich liebe sie ohne Unterschied,
Die blauen und die gelben.

Und die Musketiere lieb ich sehr,
Ich liebe die Musketiere,
Sowohl Rekrut als Veteran,
Gemeine und Offiziere.

Die Kavallerie und die Infanterie,
Ich liebe sie alle, die Braven;
Auch hab ich bei der Artillerie
Gar manche Nacht geschlummert.

Ich liebe den Deutschen, ich lieb den Franzos,
Den Welschen und Niederländschen,
Ich liebe den Schwed, den Böhm und Spanjol,
Ich liebe in ihnen den Menschen.

Gleichviel von welcher Heimat, gleichviel
Von welchem Glaubensbund ist
Der Mensch, er ist mir lieb und wert,
Wenn nur der Mensch gesund ist.

Das Vaterland und die Religion,
Das sind nur Kleidungsstücke –

Fort mit der Hülle! daß ich ans Herz
Den nackten Menschen drücke.

Ich bin ein Mensch und der Menschlichkeit
Geb ich mich hin mit Freude;
Und wer nicht gleich bezahlen kann,
Für den hab ich die Kreide.

Der grüne Kranz vor meinem Zelt,
Der lacht im Licht der Sonne;
Und heute schenk ich Malvasier
Aus einer frischen Tonne.

Das Hohelied

Des Weibes Leib ist ein Gedicht,
Das Gott der Herr geschrieben
Ins große Stammbuch der Natur,
Als ihn der Geist getrieben.

Ja, günstig war die Stunde ihm,
Der Gott war hoch begeistert;
Er hat den spröden, rebellischen Stoff
Ganz künstlerisch bemeistert.

Fürwahr, der Leib des Weibes ist
Das Hohelied der Lieder;
Gar wunderbare Strophen sind
Die schlanken, weißen Glieder.

O, welche göttliche Idee
Ist dieser Hals, der blanke,
Worauf sich wiegt der kleine Kopf,
Der lockige Hauptgedanke.

Der Brüstchen Rosenknospen sind
Epigrammatisch gefeilet;
Unsäglich entzückend ist die Zäsur
Die streng den Busen teilet.

Den plastischen Schöpfer offenbart
Der Hüften Parallele;
Der Zwischensatz mit dem Feigenblatt
Ist auch eine schöne Stelle.

Das ist kein abstraktes Begriffspoem!
Das Lied hat Fleisch und Rippen,
Hat Hand und Fuß; es lacht und küßt
Mit schöngereimten Lippen.

Hier atmet wahre Poesie!
Anmut in jeder Wendung!
Und auf der Stirne trägt das Lied
Den Stempel der Vollendung.

Lobsingen will ich dir, o Herr,
Und dich im Staub anbeten!
Wir sind nur Stümper gegen dich,
Den himmlischen Poeten.

Versenken will ich mich, o Herr,
In deines Liedes Prächten;
Ich widme seinem Studium
Den Tag mitsamt den Nächten.

Ja, Tag und Nacht studier ich dran,
Will keine Zeit verlieren;
Die Beine werden mir so dünn –
Das kommt vom vielen Studieren.

ZEITGENÖSSISCH NICHT GEDRUCKTE GEDICHTE

Simplizissimus I.

Der eine kann das Unglück nicht,
Der andre nicht das Glück verdauen.
Durch Männerhaß verdirbt der eine,
Der andre durch die Gunst der Frauen.

Als ich dich sah zum ersten Mal,
War fremd dir alles galante Gehöfel;
Es deckten die plebejischen Hände
Noch nicht Glacéhandschuhe von Rehfell.

Das Röcklein, das du trugest, war grün
Und zählte schon sehr viele Lenze;
Die Ärmel zu kurz, zu lang die Schöße
Erinnernd an Bachstelzenschwänze.

Du trugest ein Halstuch, das der Mama
Als Serviette gedienet hatte;
Noch wiegte sich nicht dein Kinn so vornehm
In einer gestickten Atlaskrawatte.

Die Stiefel sahen so ehrlich aus,
Als habe Hans Sachs sie fabrizieret;
Noch nicht mit gleißend französischem Firnis,
Sie waren mit deutschem Tran geschmieret.

Nach Bisam und Moschus rochest du nicht,
Am Halse hing noch keine Lorgnette,
Du hattest noch keine Weste von Sammet
Und keine Frau und goldne Kette.

Du trugest dich zu jener Zeit
Ganz nach der allerneusten Mode
Von Schwäbisch-Hall – Und dennoch damals
War deines Lebens Glanzperiode.

Du hattest Haare auf dem Kopf,
Und unter den Haaren, groß und edel,
Wuchsen Gedanken – aber jetzo
Ist kahl und leer dein armer Schädel.

Verschwunden ist auch der Lorbeerkranz,
Der dir bedecken könnte die Glatze –
Wer hat dich so gerauft? Wahrhaftig,
Siehst aus wie eine geschorene Katze!

Die goldnen Dukaten des Schwiegerpapas,
Des Seidenhändlers, sind auch zerronnen –
Der Alte klagt: bei der deutschen Dichtkunst
Habe er keine Seide gesponnen.

Ist das der Lebendige, der die Welt
Mit all ihren Knödeln, Dampfnudeln und Würsten
Verschlingen wollte, und in den Hades
Verwies den Pückler-Muskau, den Fürsten?

Ist das der irrende Ritter, der einst,
Wie jener andre, der Manchaner,
Absagebriefe schrieb an Tyrannen,
Im Stile der kecksten Tertianer?

Ist das der Generalissimus
Der deutschen Freiheit, der Gonfaloniere
Der Emanzipation, der hoch zu Rosse
Einherritt vor seinem Freischarenheere?

Der Schimmel, den er ritt, war weiß,
Wie alle Schimmel, worauf die Götter
Und Helden geritten, die längst verschimmelt:
Begeistrung jauchzte dem Vaterlandsretter.

Er war ein reitender Virtuos,
Ein Liszt zu Pferde, ein somnambüler
Marktschreier, Hansnarr, Philistergünstling,
Ein miserabler Heldenspieler!

Als Amazone ritt neben ihm
Die Gattin mit der langen Nase;
Sie trug auf dem Hut eine kecke Feder,
Im schönen Auge blitzte Ekstase.

Die Sage geht, es habe die Frau
Vergebens bekämpft den Kleinmut des Gatten,
Als Flintenschüsse seine zarten
Unterleibsnerven erschüttert hatten.

Sie sprach zu ihm: »Sei jetzt kein Has,
Entmemme dich deiner verzagten Gefühle,
Jetzt gilt es zu siegen oder zu sterben –
Die Kaiserkrone steht auf dem Spiele.

Denk an die Not der Vaterlands
Und an die eignen Schulden und Nöten.
In Frankfurt laß ich dich krönen, und Rothschild
Borgt dir wie andren Majestäten.

Wie schön der Mantel von Hermelin
Dich kleiden wird! Das Vivatschreien,
Ich hör es schon; ich seh auch die Mädchen,
Die weißgekleidet dir Blumen streuen« –

Vergebliches Mahnen! Antipathien
Gibt es, woran die Besten siechen.
Wie Goethe nicht den Rauch des Tabaks,
Kann unser Held kein Pulver riechen.

Die Schüsse knallen – der Held erblaßt,
Er stottert manche unsinnige Phrase,
Er phantasieret gelb – die Gattin
Hält sich das Tuch vor der langen Nase.

So geht die Sage – Ist sie wahr?
Wer weiß es? Wir Menschen sind nicht vollkommen.
Sogar der große Horatius Flaccus
Hat in der Schlacht Reißaus genommen.

Das ist auf Erden des Schönen Los!
Die Feinen gehn unter, ganz wie die Plumpen;
Ihr Lied wird Makulatur, sie selber,
Die Dichter, werden am Ende Lumpen.

Erlauschtes

»O kluger Jekef, wie viel hat dir
Der lange Christ gekostet,
Der Gatte deines Töchterleins?
Sie war schon ein bißchen verrostet.

Du zahltest sechzigtausend Mark?
Du zahltest vielleicht auch siebzig?
Ist nicht zu viel für Christenfleisch –
Dein Töchterlein war so schnippsig.

Ich bin ein Schlemihl! Wohl doppelt so viel
Hat man mir abgenommen,
Und hab für all mein schönes Geld
Nur Schund, nur Schofel bekommen.«

Der kluge Jekef lächelt so klug,
Und spricht wie Nathan der Weise:
»Du gibst zu viel und zu rasch, mein Freund,
Und du verdirbst uns die Preise.

Du hast nur dein Geschäft im Kopf,
Denkst nur an Eisenbahne;
Doch ich bin ein Müßiggänger, ich geh
Spazieren und brüte Plane.

Wir überschätzen die Christen zu sehr,
Ihr Wert hat abgenommen;
Ich glaube, für hunderttausend Mark
Kannst du einen Papst bekommen.

Ich hab für mein zweites Töchterlein
Jetzt einen Bräutgam in petto,
Der ist Senator und mißt sechs Fuß,
Hat keine Cousinen im Ghetto.

Nur vierzigtausend Mark Kurant
Geb ich für diesen Christen;
Die Hälfte der Summe zahl ich komptant,
Den Rest verzinst in Fristen.

Mein Sohn wird Bürgermeister einst,
Trotz seinem hohen Rücken;
Ich setz es durch – der Wandram soll
Sich vor meinem Samen bücken.

Mein Schwager, der große Spitzbub, hat
Mir gestern zugeschworen:
Du kluger Jekef, es geht an dir
Ein Talleyrand verloren.«

Das waren die Worte, die mir einst,
Als ich spazieren gegangen
Zu Hamburg auf dem Jungfernstieg,
Ans Ohr vorüberklangen.

LYRISCHER NACHLASS: AUS DER »MATRATZENGRUFT«

ZEITGEDICHTE

Antwort

Es ist der rechte Weg, den du betreten,
Doch in der Zeit magst du dich weidlich irren;
Das sind nicht Düfte von Muskat und Myrrhen,
Die jüngst aus Deutschland mir verletzend wehten.

Wir dürfen nicht Viktoria trompeten,
So lang noch Säbel tragen unsre Sbirren;
Mich ängstet, wenn die Vipern Liebe girren
Und Wolf und Esel Freiheitslieder flöten. – –
. . . .

Vermittlung

Du bist begeistert, du hast Mut –
Auch das ist gut!
Doch kann man mit Begeistrungsschätzen
Nicht die Besonnenheit ersetzen.

Der Feind, ich weiß es, kämpfet nicht
Für Recht und Licht –
Doch hat er Flinten und nicht minder
Kanonen, viele Hundertpfünder.

Nimm ruhig dein Gewehr zur Hand –
Den Hahn gespannt –
Und ziele gut – wenn Leute fallen,
Mag auch dein Herz vor Freude knallen.

Die Briten zeigten sich sehr rüde
Und ungeschliffen als Regizide.
Schlaflos hat König Karl verbracht
In Whitehall seine letzte Nacht.
Vor seinem Fenster sang der Spott
Und ward gehämmert an seinem Schafott.

Viel höflicher nicht die Franzosen waren.
In einem Fiaker haben diese
Den Ludwig Capet zum Richtplatz gefahren;
Sie gaben ihm keine Calèche de Remise,
Wie nach der alten Etikette
Der Majestät gebühret hätte.

Noch schlimmer ergings der Marie-Antoinette,
Denn sie bekam nur eine Charrette;
Statt Chambellan und Dame d'atour
Ein Sansculotte mit ihr fuhr.
Die Witwe Capet hob höhnisch und schnippe
Die dicke habsburgische Unterlippe.

Franzosen und Briten sind von Natur
Ganz ohne Gemüt; Gemüt hat nur
Der Deutsche, er wird gemütlich bleiben
Sogar im terroristischen Treiben.
Der Deutsche wird die Majestät
Behandeln stets mit Pietät.

In einer sechsspännigen Hofkarosse,
Schwarz panaschiert und beflort die Rosse,
Hoch auf dem Bock, mit der Trauerpeitsche,
Der weinende Kutscher – so wird der deutsche
Monarch einst nach dem Richtplatz kutschiert
Und untertänigst guillotiniert.

Jammertal

Der Nachtwind durch die Lucken pfeift,
Und auf dem Dachstublager
Zwei arme Seelen gebettet sind;
Sie schauen so blaß und mager.

Die eine arme Seele spricht:
Umschling mich mit deinen Armen,
An meinen Mund drück fest deinen Mund,
Ich will an dir erwarmen.

Die andere arme Seele spricht:
Wenn ich in dein Auge sehe,
Verschwindet mein Elend, der Hunger, der Frost
Und all mein Erdenwehe.

Sie küßten sich viel, sie weinten noch mehr,
Sie drückten sich seufzend die Hände.
Sie lachten manchmal und sangen sogar,
Und sie verstummten am Ende.

Am Morgen kam der Kommissär,
Und mit ihm kam ein braver
Chirurgus, welcher konstatiert
Den Tod der beiden Kadaver.

Die strenge Wittrung, erklärte er,
Mit Magenleere vereinigt,
Hat beider Ableben verursacht, sie hat
Zum mindesten solches beschleunigt.

Wenn Fröste eintreten, setzt' er hinzu,
Sei höchst notwendig Verwahrung
Durch wollene Decken; er empfahl
Gleichfalls gesunde Nahrung.

Streiche von der Stirn den Lorbeer
Der zu lang herunterbammelt
Und vernimm mit freiem Ohr, Beer,
Was dir meine Lippe stammelt.

Ja, nur stammeln, stottern kann ich
Trete vor den großen Mann ich,
Dessen hoher Genius
Ist ein wahrer Kunstgenuß,
Dessen Ruhm ein Meisterstück ist
Und kein Zufall, nicht ein Glück ist
Das im Schlafe ohne Müh
Manchem kömmt, er weiß nicht wie
Wie z. B. jener Rotznas
Dem Rossini oder Mozart
Nein der Meister der uns teuer
Unser lieber Beeren-Meyer
Darf sich rühmen er erschuf
Selber seines Namens Ruf,
Durch die Macht der Willenskraft,
Durch des Denkens Wissenschaft,
Durch politische Gespinste
Und die feinsten Rechenkünste –
Und sein König, sein Protektor
Hat zum Generaldirektor
Sämtlicher Musikanstalten
Ihn ernannt und mit Gewalten
Ausgerüstet,

Die ich heute untertänigst
Ehrfurchtsvoll in Anspruch nehme.

Die Menge tut es

»Die Pfannekuchen, die ich gegeben bisher für
Drei Silbergroschen, ich geb sie nunmehr für
Zwei Silbergroschen; die Menge tut es.«

Nie löscht als wäre sie gegossen in Bronze
Mir im Gedächtnis jene Annonce
Die einst ich las im Intelligenz-Blatt
Der intelligenten Borussenhauptstadt!

Borussenhauptstadt, mein liebes Berlin
Dein Ruhm wird blühen ewig grihn
Alswie die Beeme deiner Linden.
Leiden sie immer noch an Winden?
Wie gehts dem Tiergarten? Gibts dort noch ein Tier
Das ruhig trinkt sein blondes Bier,
Mit der blonden Gattin in den Hütten,
Wo kalte Schale und fromme Sitten?

Borussenhauptstadt, Berlin, was machst du?
Ob welchem Eckensteher lachst du?
Zu meiner Zeit gabs noch keinen Nante,
Es haben damals nur gewitzelt
Der Herr Wisotzki und der bekannte
Kronprinz der jetzt auf dem Throne sitzelt.
Es ist ihm seitdem der Spaß vergangen
Und den Kopf mit der Krone läßt er hangen.
Ich habe ein Faible für diesen König
Ich glaube, wir sind uns ähnlich ein wenig.

Ein vornehmer Geist, hat viel Talent.
Auch ich, ich wäre ein schlechter Regent.
Wie mir ist auch zuwider ihm
Die Musik, das edle Ungetüm,
Aus diesem Grunde proniert auch er,
Den Musikverderber, den Meyerbeer.
Der König bekam von ihm kein Geld
Wie fälschlich behauptet die böse Welt.
Man lügt so viel! Auch keinen Dreier
Kostet der König dem Bärenmeyer.
Derselbe dirigiert für ihn
Die große Oper zu Berlin
Und dort auch er, der edle Mensch
Wird nur bezahlt en monnaie de singe,
Mit Titel und Würden – das ist gewiß
Er arbeitet dort für den Roi de Prusse.

Denk ich an Berlin, auch vor mir steht
Sogleich die Universität.
Dort reiten vorüber die roten Husaren
Mit klingendem Spiel, Trompetenfanfaren –
Es dringen die soldatesken Töne
Bis in die Aula der Musensöhne.
Wie geht es dort den Professoren
Mit mehr oder minder langen Ohren?
Wie geht es dem elegant geleckten
Süßlichen Troubadour der Pandekten,
Dem Savigny? Die holde Person
Vielleicht ist sie längst gestorben schon –
Ich weiß es nicht – Ihr dürfts mir entdecken,
Ich werde nicht zu sehr erschrecken –
Auch Lott' ist tot! Die Sterbestunde
Sie schlägt für Menschen wie für Hunde,
Zumal für Hunde jener Zunft

Die immer angebellt die Vernunft
Und gern zu einem römischen Knechte
Den deutschen Freiling machen möchte.

Und der Maßmann mit der platten Nas,
Hat Maßmann noch nicht gebissen ins Gras?
Ich will es nicht wissen, o sagt es mir nicht
Wenn er verreckt – ich würde weinen
O mag es noch lange im Lebenslicht
Hintrippeln auf seinen kurzen Beinchen
Das Wurzelmännchen, das Alräunchen
Mit dem Hängwanst! O diese Figur
War meine Lieblingskreatur
So lange Zeit – ich sehe sie noch
So klein sie war, sie soff wie ein Loch
Mit seinen Schülern, die vom Bier entzügelt
Den armen Turnmeister am Ende geprügelt,
Und welche Prügel! die jungen Helden,
Sie wollten beweisen daß rohe Kraft
Und Flegeltum noch nicht erschlafft
Beim Enkel von Hermann und Thusnelden!
Die ungewaschnen germanischen Hände,
Sie schlugen so gründlich, das nahm kein Ende.
Zumal in den Steiß die vielen Fußtritte –
Und das arme Leder geduldig litte.
Ich kann, rief ich, dir nicht versagen
All meine Bewundrung, wie kannst du ertragen
So viele Prügel, du bist ein Brutus!
Doch Maßmann sprach: die Menge tut es.

Doch apropos: wie sind geraten
In diesem Jahr die Teltower Rüben
Und saure Gurken in meiner lieben
Borussenstadt? Und die Literaten,

Befinden sie sich noch frisch und munter?
Und ist noch immer kein Genie darunter?
Jedoch wozu ein Genie? Wir laben
Uns besser an frommen bescheidenen Gaben,
Auch sittliche Menschen haben ihr Gutes –
Zwölf machen ein Dutzend – die Menge tut es.

Und wie gehts in Berlin den Leutenants
Der Garde? haben sie noch ihre Arroganz,
Und ihre enggeschnürte Taille?
Schwadronieren sie noch von Kanaille?
Ich rate euch, nehmt euch in acht,
Es bricht noch nicht, jedoch es kracht;
Und es ist das Brandenburger Tor
Noch immer so groß und weit wie zuvor,
Und man könnt euch auf einmal zum Tor hinausschmeißen,
Euch alle mitsamt dem Prinzen von Preußen –
Die Menge tut es.

FABELN

König Langohr I.

Bei der Königswahl, wie sich versteht,
Hatten die Esel die Majorität,
Und es wurde ein Esel zum König gewählt.
Doch hört, was jetzt die Chronik erzählt:
Der gekrönte Esel bildete sich
Jetzt ein, daß er dem Löwen glich;
Er hing sich um eine Löwenhaut,
Und brüllte wie ein Löwe so laut.
Er pflegte Umgang nur mit Rossen –
Das hat die Esel verdrossen.
Bulldoggen und Wölfe waren sein Heer,
Drob murrten die Esel noch viel mehr.
Doch als er den Ochsen zum Kanzler erhoben,
Vor Wut die Esel rasten und schnoben.
Sie drohten sogar mit Revolution!
Der König erfuhr es und stülpte die Kron
Sich schnell aufs Haupt, und wickelte schnell
Sich in sein mutiges Löwenfell.
Dann ließ er vor seines Thrones Stufen
Die malkontenten Esel rufen,
Und hat die folgende Rede gehalten:

Hochmögende Esel, Ihr jungen und alten!
Ihr glaubt daß ich ein Esel sei
Wie Ihr, Ihr irrt Euch, ich bin ein Leu;
Das sagt mir jeder an meinem Hofe,
Von der Edeldame bis zur Zofe.
Mein Hofpoet hat ein Gedicht

Auf mich gemacht, worin er spricht:
»Wie angeboren dem Kamele
Der Buckel ist, ist deiner Seele
Die Großmut des Löwen angeboren –
Es hat dein Herz keine langen Ohren!«
So singt er in seiner schönsten Strophe,
Die jeder bewundert an meinem Hofe.
Hier bin ich geliebt; die stolzesten Pfauen
Wetteifern, mein königlich Haupt zu krauen.
Die Künste beschütz ich; man muß gestehn,
Ich bin zugleich August und Mäzen.
Ich habe ein schönes Hoftheater;
Die Heldenrollen spielt ein Kater.
Die Mimin Mimi, die holde Puppe,
Und zwanzig Möpse bilden die Truppe.
Ich hab eine Maler-Akademie
Gestiftet für Affen von Genie.
Als ihren Direktor hab ich in petto
Den Raffael des Hamburger Ghetto,
Lehmann vom Dreckwall, zu engagieren;
Er soll mich auch selber porträtieren.
Ich hab eine Oper, ich hab ein Ballett,
Wo halb entkleidet und ganz kokett
Ganz allerliebste Vögel singen
Wo höchst talentvolle Flöhe springen.
Kapellenmeister ist Meyer-Bär,
Der musikalische Millionär;
Jetzt schreibt der große Bären-Meyer
Ein Festspiel zu meiner Vermählungsfeier.
Ich selber übe die Tonkunst ein wenig,
Wie Friedrich der Große, der Preußenkönig.
Er blies die Flöte, ich schlage die Laute
Und manches schöne Auge schaute
Sehnsüchtig mich an, wenn ich mit Gefühl

Geklimpert auf meinem Saitenspiel.
Mit Freude wird einst die Königin
Entdecken, wie musikalisch ich bin!
Sie selbst ist eine vollkommene Stute
Von hoher Geburt, vom reinsten Blute.
Sie ist eine nahe Anverwandte
Von Don Quixotes Rosinante;
Ihr Stammbaum bezeugt, daß sie nicht minder
Verwandt mit dem Bayard der Haimonskinder;
Sie zählt auch unter ihren Ahnen
Gar manchen Hengst, der unter den Fahnen
Gottfrieds von Bouillon gewiehert hat,
Als dieser erobert die heilige Stadt.
Vor allem aber durch ihre Schöne
Glänzt sie! Wenn sie schüttelt die Mähne,
Und wenn sie schnaubt mit den rosigen Nüstern,
Jauchzt auf mein Herz, entzückt und lüstern –
Sie ist die Blume und Krone der Mähren,
Und wird mir einen Kronerben bescheren.
Ihr seht, verknüpft mit dieser Verbindung
Ist meiner Dynastie Begründung.
Mein Name wird nicht untergehn,
Wird ewig in Klios Annalen bestehn.
Die hohe Göttin wird von mir sagen,
Daß ich ein Löwenherz getragen
In meiner Brust, daß ich weise und klug
Regiert, und auch die Laute schlug.

Hier rülpste der König, doch unterbrach er
Nicht lange die Rede und weiter sprach er:

Hochmögende Esel, Ihr jungen und alten!
Ich werd Euch meine Gunst erhalten,
So lang Ihr derselben würdig seid.

Zahlt Eure Steuern zur rechten Zeit
Und wandelt stets der Tugend Bahn,
Wie weiland Eure Väter getan,
Die alten Esel! Sie trugen zur Mühle
Geduldig die Säcke; denn ihre Gefühle,
Sie wurzelten tief in der Religion,
Sie wußten nichts von Revolution –
Kein Murren entschlüpfte der dicken Lippe,
Und an der Gewohnheit frommen Krippe
Fraßen sie friedlich ihr tägliches Heu!
Die alte Zeit, sie ist vorbei.
Ihr neueren Esel seid Esel geblieben,
Doch ohne Bescheidenheit zu üben.
Ihr wedelt kümmerlich mit dem Schwanz,
Doch drunter lauert die Arroganz.
Ob Eurer albernen Miene hält
Für ehrliche Esel Euch die Welt;
Ihr seid unehrlich und boshaft dabei,
Trotz Eurer demütigen Eselei.
Steckt man Euch Pfeffer in den Steiß,
Sogleich erhebt Ihr des Eselgeschreis
Entsetzliche Laute! Ihr möchtet zerfleischen
Die ganze Welt, und könnt nur kreischen.
Unsinniger Jähzorn, der alles vergißt!
Ohnmächtige Wut, die lächerlich ist!
Eur dummes Gebreie, es offenbart
Wie viele Tücken jeder Art,
Wie ganz gemeine Schlechtigkeit
Und blöde Niederträchtigkeit
Und Gift und Galle und Arglist sogar
In der Eselshaut verborgen war.

Hier rülpste der König, doch unterbrach er
Nicht lange die Rede und weiter sprach er:

Hochmögende Esel, Ihr jungen und alten!
Ihr seht, ich kenne Euch! Ungehalten,
Ganz allerhöchst ungehalten bin ich,
Daß Ihr so schamlos-widersinnig
Verunglimpft habt mein Regiment.
Auf Eurem Eselsstandpunkt könnt
Ihr nicht die großen Löwen-Ideen
Von meiner Politik verstehen.
Nehmt Euch in acht! In meinem Reiche
Wächst manche Buche und manche Eiche,
Woraus man die schönsten Galgen zimmert,
Auch gute Stöcke. Ich rat Euch, bekümmert
Euch nicht ob meinem Schalten und Walten!
Ich rat Euch, ganz das Maul zu halten!
Die Räsoneure, die frechen Sünder,
Die laß ich öffentlich stäupen vom Schinder;
Sie sollen im Zuchthaus Wolle kratzen.
Wird einer gar von Aufruhr schwatzen,
Und Straßen entpflastern zur Barrikade –
Ich laß ihn henken ohne Gnade.
Das hab ich Euch, Esel, einschärfen wollen!
Jetzt könnt Ihr Euch nach Hause trollen.

Als diese Rede der König gehalten,
Da jauchzten die Esel, die jungen und alten;
Sie riefen einstimmig: I-A! I-A!
Es lebe der König! Hurra! Hurra!

Die Wanderratten

Es gibt zwei Sorten Ratten
Die hungrigen und satten
Die Satten bleiben vergnügt zu Haus,
Die Hungrigen aber wandern aus.

Sie wandern viel tausend Meilen
Ganz ohne Rasten und Weilen
Gradaus in ihrem grimmigen Lauf
Nicht Wind noch Wetter hält sie auf.

Sie klimmen wohl über die Höhen
Sie schwimmen wohl durch die Seen,
Gar mancher ersäuft oder bricht das Genick,
Die Lebenden lassen die Toten zurück

Es haben diese Käuze
Gar fürchterliche Schnäuze
Sie tragen die Köpfe geschoren egal
Ganz radikal, ganz rattenkahl

Die radikale Rotte
Weiß nichts von einem Gotte.
Sie lassen nicht taufen ihre Brut
Die Weiber sind Gemeindegut.

Der sinnliche Rattenhaufen
Er will nur fressen und saufen,
Er denkt nicht während er säuft und frißt,
Daß unsere Seele unsterblich ist.

So eine wilde Ratze
Die fürchtet nicht Hölle nicht Katze,
Sie hat kein Gut, sie hat kein Geld
Und wünscht aufs neue zu teilen die Welt.

Die Wanderratten, o Wehe!
Sie sind schon in der Nähe,
Sie rücken heran, ich höre schon
Ihr Pfeifen, die Zahl ist Legion.

O Wehe! wir sind verloren
Sie sind schon vor den Toren!
Der Bürgermeister und Senat,
Sie schütteln die Köpfe und keiner weiß Rat.

Die Bürgerschaft greift zu den Waffen,
Die Glocken läuten die Pfaffen.
Gefährdet ist das Palladium
Des sittlichen Staats, das Eigentum.

Nicht Glockengeläute, nicht Pfaffengebete
Nicht hochwohlweise Senatsdekrete
Auch nicht Kanonen, viel hundertpfünder,
Sie helfen Euch heute, Ihr lieben Kinder.

Heut helfen Euch nicht die Wortgespinste
Der abgelebten Redekünste.
Man fängt nicht Ratten mit Syllogismen
Sie springen über die feinsten Sophismen

Im hungrigen Magen Eingang finden
Nur Suppenlogik mit Knödelgründen
Nur Argumente von Rinderbraten
Begleitet mit Göttinger Wurst-Zitaten.

Ein schweigender Stockfisch in Butter gesotten
Behaget den radikalen Rotten
Viel besser als ein Mirabeau
Und alle Redner seit Cicero.

Pferd und Esel

Auf eisernen Schienen, so schnell wie der Blitz,
Dampfwagen und Dampfkutschen,
Mit dem schwarzbewimpelten Rauchfangmast,
Prasslend vorüberrutschen.

Der Troß kam einem Gehöft vorbei,
Wo über die Hecke guckte
Langhalsig ein Schimmel; neben ihm stand
Ein Esel, der Disteln schluckte.

Mit stierem Blick sah lange das Pferd
Dem Zuge nach. Es zittert
An allen Gliedern, und seufzt und spricht:
Der Anblick hat mich erschüttert!

Wahrhaftig, wär ich nicht von Natur
Bereits gewesen ein Schimmel,
Erbleichend vor Schrecken wär mir die Haut
Jetzt weiß geworden; o Himmel!

Bedroht ist das ganze Pferdegeschlecht
Von schrecklichen Schicksalsschlägen.
Obgleich ein Schimmel, schau ich doch
Einer schwarzen Zukunft entgegen.

Uns Pferde tötet die Konkurrenz
Von diesen Dampfmaschinen –
Zum Reiten, zum Fahren wird sich der Mensch
Des eisernen Viehes bedienen.

Und kann der Mensch zum Reiten uns,
Zum Fahren uns entbehren –
Ade der Hafer! Ade das Heu!
Wer wird uns dann ernähren?

Des Menschen Herz ist hart wie Stein;
Der Mensch gibt keinen Bissen
Umsonst. Man jagt uns aus dem Stall,
Wir werden verhungern müssen.

Wir können nicht borgen und stehlen nicht,
Wie jene Menschenkinder,
Auch schmeicheln nicht wie der Mensch und der Hund –
Wir sind verfallen dem Schinder.

So klagte das Roß, und seufzte tief.
Der Langohr unterdessen
Hat mit der gemütlichsten Seelenruh
Zwei Distelköpfe gefressen.

Er leckte die Schnauze mit der Zung,
Und gemütlich begann er zu sprechen:
Ich will mir wegen der Zukunft nicht
Schon heute den Kopf zerbrechen.

Ihr stolzen Rosse seid freilich bedroht
Von einem schrecklichen Morgen.
Für uns bescheidne Esel jedoch
Ist keine Gefahr zu besorgen.

So Schimmel wie Rappen, so Schecken wie Fuchs,
Ihr seid am Ende entbehrlich;
Uns Esel jedoch ersetzt Hans Dampf
Mit seinem Schornstein schwerlich.

Wie klug auch die Maschinen sind,
Welche die Menschen schmieden,
Dem Esel bleibt zu jeder Zeit
Sein sicheres Dasein beschieden.

Der Himmel verläßt seine Esel nicht,
Die ruhig im Pflichtgefühle,
Wie ihre frommen Väter getan,
Tagtäglich traben zur Mühle.

Das Mühlrad klappert, der Müller mahlt,
Und schüttet das Mehl in die Säcke;
Das trag ich zum Bäcker, der Bäcker backt,
Und der Mensch frißt Bröte und Wecke.

In diesem uralten Naturkreislauf
Wird ewig die Welt sich drehen,
Und ewig unwandelbar wie die Natur,
Wird auch der Esel bestehen.

Moral

Die Ritterzeit hat aufgehört,
Und hungern muß das stolze Pferd.
Dem armen Luder, dem Esel aber
Wird niemals fehlen sein Heu und Haber.

Aus der Zopfzeit
Fabel

Zu Kassel waren zwei Ratten,
Die nichts zu essen hatten.

Sie sahen sich lange hungrig an;
Die eine Ratte zu wispern begann:

Ich weiß einen Topf mit Hirsebrei,
Doch leider steht eine Schildwach dabei;

Sie trägt kurfürstliche Uniform,
Und hat einen Zopf der ist enorm;

Die Flinte ist geladen mit Schrot,
Und wer sich naht, den schießt sie tot.

Die andere Ratte knistert
Mit ihren Zähnchen und wispert:

Des Kurfürsten Durchlaucht sind gescheit,
Er liebt die gute alte Zeit,

Die Zeit der alten Katten,
Die lange Zöpfe hatten.

Durch ihre Zöpfe die Katten
Wetteiferten mit den Ratten.

Der Zopf ist aber das Sinnbild nur
Des Schwanzes, den uns verlieh die Natur;

Wir auserwählten Geschöpfe,
Wir haben natürliche Zöpfe.

O Kurfürst, liebst du die Katten,
So liebst du auch die Ratten;

Gewiß für uns dein Herze klopft,
Da wir schon von der Natur bezopft.

O gib, du edler Philozopf,
O gib uns frei den Hirsetopf,

O gib uns frei den Topf mit Brei,
Und löse ab die Schildwach dabei.

Für solche Huld, für solchen Brei,
Wir wollen dir dienen mit Lieb und Treu.

Und stirbst du einst, auf deinem Grab
Wir schneiden uns traurig die Schwänze ab,

Und flechten sie um dein Haupt als Kranz;
Dein Lorbeer sei ein Rattenschwanz!

Die Wahl-Esel

Die Freiheit hat man satt am End,
Und die Republik der Tiere
Begehrte, daß ein einzger Regent
Sie absolut regiere.

Jedwede Tiergattung versammelte sich,
Wahlzettel wurden geschrieben;

Parteisucht wütete fürchterlich,
Intrigen wurden getrieben.

Das Komitee der Esel ward
Von Alt-Langohren regieret;
Sie hatten die Köpfe mit einer Kokard,
Die schwarz-rot-gold, verzieret.

Es gab eine kleine Pferdepartei,
Doch wagte sie nicht zu stimmen;
Sie hatte Angst vor dem Geschrei
Der Alt-Langohren, der grimmen.

Als einer jedoch die Kandidatur
Des Rosses empfahl, mit Zeter
Ein Alt-Langohr in die Rede ihm fuhr,
Und schrie: Du bist ein Verräter!

Du bist ein Verräter, es fließt in dir
Kein Tropfen vom Eselsblute;
Du bist kein Esel, ich glaube schier,
Dich warf eine welsche Stute.

Du stammst vom Zebra vielleicht, die Haut
Sie ist gestreift zebräisch;
Auch deiner Stimme näselnder Laut
Klingt ziemlich ägyptisch-hebräisch.

Und wärst du kein Fremdling, so bist du doch nur
Verstandesesel, ein kalter;
Du kennst nicht die Tiefen der Eselsnatur,
Dir klingt nicht ihr mystischer Psalter.

Ich aber versenkte die Seele ganz
In jenes süße Gedösel;
Ich bin ein Esel, in meinem Schwanz
Ist jedes Haar ein Esel.

Ich bin kein Römling, ich bin kein Slav;
Ein deutscher Esel bin ich,
Gleich meinen Vätern. Sie waren so brav,
So pflanzenwüchsig, so sinnig.

Sie spielten nicht mit Galanterei
Frivole Lasterspiele;
Sie trabten täglich, frisch-fromm-fröhlich-frei,
Mit ihren Säcken zur Mühle.

Die Väter sind nicht tot! Im Grab
Nur ihre Häute liegen,
Die sterblichen Hüllen. Vom Himmel herab
Schaun sie auf uns mit Vergnügen.

Verklärte Esel im Gloria-Licht!
Wir wollen Euch immer gleichen
Und niemals von dem Pfad der Pflicht
Nur einen Fingerbreit weichen.

O welche Wonne, ein Esel zu sein!
Ein Enkel von solchen Langohren!
Ich möcht es von allen Dächern schrein:
Ich bin als ein Esel geboren.

Der große Esel, der mich erzeugt,
Er war von deutschem Stamme;
Mit deutscher Eselsmilch gesäugt
Hat mich die Mutter, die Mamme.

Ich bin ein Esel, und will getreu,
Wie meine Väter, die Alten,
An der alten, lieben Eselei,
Am Eseltume halten.

Und weil ich ein Esel, so rat ich Euch,
Den Esel zum König zu wählen;
Wir stiften das große Eselreich,
Wo nur die Esel befehlen.

Wir alle sind Esel! I-A! I-A!
Wir sind keine Pferdeknechte.
Fort mit den Rossen! Es lebe, hurra!
Der König vom Eselsgeschlechte!

So sprach der Patriot. Im Saal
Die Esel Beifall rufen.
Sie waren alle national,
Und stampften mit den Hufen.

Sie haben des Redners Haupt geschmückt
Mit einem Eichenkranze.
Er dankte stumm, und hochbeglückt
Wedelt' er mit dem Schwanze.

Duelle

Zwei Ochsen disputierten sich
Auf einem Hofe fürchterlich.
Sie waren beide zornigen Blutes
Und in der Hitze des Disputes
Hat einer von ihnen, zornentbrannt
Den andern einen Esel genannt.

Da Esel ein Tusch ist bei den Ochsen
So mußten die beiden John Bulle sich boxen.

Auf selbigem Hofe zu selbiger Zeit
Gerieten auch zwei Esel in Streit,
Und heftig stritten die beiden Langohren
Bis einer so sehr die Geduld verloren
Daß er ein wildes I-A ausstieß
Und den andern einen Ochsen hieß.
Ihr wißt ein Esel fühlt sich tuschiert
Wenn man ihn Ochse tituliert.
Ein Zweikampf ›folgte‹, die beiden stießen
Sich mit den Köpfen, mit den Füßen
Gaben sich manchen Tritt in den Podex
Wie es gebietet der Ehre Kodex.

Und die Moral? Ich glaub es gibt Fälle
Wo unvermeidlich sind die Duelle;
Es muß sich schlagen der Student
Den man einen dummen Jungen nennt.

Der tugendhafte Hund

Ein Pudel, der mit gutem Fug
Den schönen Namen Brutus trug,
War vielberühmt im ganzen Land
Ob seiner Tugend und seinem Verstand.
Er war ein Muster der Sittlichkeit,
Der Langmut und Bescheidenheit.
Man hörte ihn loben, man hörte ihn preisen,
Als einen vierfüßigen Nathan den Weisen.

Er war ein wahres Hundejuwel!
So ehrlich und treu! eine schöne Seel!
Auch schenkte sein Herr in allen Stücken
Ihm volles Vertrauen, er konnte ihn schicken
Sogar zum Fleischer. Der edle Hund
Trug dann einen Hängekorb im Mund,
Worin der Metzger das schöngehackte
Rindfleisch, Schaffleisch, auch Schweinefleisch packte –
Wie lieblich und lockend das Fett gerochen,
Der Brutus berührte keinen Knochen,
Und ruhig und sicher, mit stoischer Würde,
Trug er nach Hause die kostbare Bürde.

Doch unter den Hunden wird gefunden
Auch eine Menge von Lumpenhunden –
Wie unter uns – gemeine Köter,
Tagdiebe, Neidharde, Schwerenöter,
Die ohne Sinn für sittliche Freuden
Im Sinnenrausch ihr Leben vergeuden!
Verschworen hatten sich solche Racker
Gegen den Brutus, der treu und wacker
Mit seinem Korb im Maule nicht
Gewichen von dem Pfad der Pflicht –

Und eines Tages als er kam
Vom Fleischer und seinen Rückweg nahm
Nach Hause, da ward er plötzlich von allen
Verschworenen Bestien überfallen;
Da ward ihm der Korb mit dem Fleisch entrissen,
Da fielen zu Boden die leckersten Bissen,
Und fraßbegierig über die Beute
Warf sich die ganze hungrige Meute –
Brutus sah anfangs dem Schauspiel zu,
Mit philosophischer Seelenruh,

Doch als er sah, daß solchermaßen
Sämtliche Hunde schmausten und fraßen,
Da nahm er auch an der Mahlzeit Teil
Und speiste selbst eine Schöpsenkeul –

Moral

Auch du, mein Brutus, auch du, du frißt?
So ruft wehmütig der Moralist.
Ja böses Beispiel kann verführen;
Und ach! gleich allen Säugetieren,
Nicht ganz und gar vollkommen ist
Der tugendhafte Hund – er frißt!

Fabel

Es saß ein brauner Wanzerich
Auf einem Pfennig und spreizte sich
Wie ein Rentier und sprach: »Wer Geld hat
Auch Ehr und Ansehn in der Welt hat.

Wer Geld hat ist auch lieblich und schön –
Es kann kein Weib mir widerstehn;
Die Weiber erbleichen schon und zittern
Sobald sie meinen Odem wittern.

Ich habe manche Sommernacht
Im Bett der Königin zugebracht;
Sie wälzte sich auf ihren Matratzen
Und mußte sich beständig kratzen.«

Ein lustiger Zeisig, welcher gehört
Die prahlende Worte, war drob empört;

Im heiteren Unmut sein Schnäbelein schliff er
Und auf das Insekt ein Spottlied pfiff er.

Gemein und schmutzig der Wanzerich
Wie Wanzen pflegen rächte er sich;
Er sagte daß ihm der Zeisig grollte
Weil er kein Geld ihm borgen wollte.

Und die Moral? Der Fabulist
Verschweigt sie heute mit klugem Zagen,
Denn mächtig verbündet in unseren Tagen
Das reiche Ungeziefer ist.
Es sitzt mit dem Geldsack unter dem Arsch
Und trommelt siegreich den Dessauer Marsch.

Zu ›Fabel‹

Das Ungeziefer jedes Lands
Es bildet eine heilge Allianz
Zumal die musikalischen Wanzen
Die Komponisten von schlechten Romanzen
(Welche, wie Schlesingers Uhr nicht gehn)
Allüberall im Bündnis stehn.
Da ist der Mozart der Krätze in Wien
Die Perle ästhetischer Pfänderleiher
Der intrigiert mit dem Lorbeermeyer,
Dem großen Maestro in Berlin –
Da werden Artikelchen ausgeheckt
Die eine Blattlaus, ein Mitinsekt
Für bares Geld in die deutsche Presse schmuckelt –
Das lügt und kriecht und katzebuckelt –
Und hat dabei die Melancholik –

Das Publikum glaubt oft der Lüge
Aus Mitleid; es sind so leidend die Züge
Der Heuchler und ihr Dulderblick –
Was willst du tun in solchen Nöten
Du mußt die Verleumdung ruhig ertragen,
Du darfst nicht reden, du darfst nicht klagen
Willst du das schnöde Geschmeiß zertreten
Verpestet es dir die Luft mit Gestank,
Beschmutzt dir den Stiefel, der so blank –

ZU ›ZUM LAZARUS‹ UND THEMATISCH VERWANDTE GEDICHTE

»Nicht gedacht soll seiner werden«
Aus dem Mund der armen alten
Esther Wolf hört ich die Worte
Die ich treu im Sinn behalten.

Ausgelöscht sein aus der Menschen
Angedenken hier auf Erden –
Ist die Blume der Verwünschung!
Nicht gedacht soll seiner werden.

Herz, mein Herz, ström aus die Fluten
Deiner Klagen und Beschwerden,
Doch von Ihm sei nie die Rede –
Nicht gedacht soll seiner werden.

Nicht gedacht soll seiner werden,
Nicht im Liede, nicht im Buche –
Dunkler Hund im dunklen Grabe
Du verfaulst mit meinem Fluche!

Selbst am Auferstehungstage,
Wenn geweckt von den Fanfaren
Der Posaunen, schlotternd wallen
Zum Gericht die Totenscharen,

Und alldort der Engel abliest
Vor den göttlichen Behörden
Alle Namen der Geladnen –
Nicht gedacht soll seiner werden!

[Der Scheidende

Erstorben ist in meiner Brust
Jedwede weltlich eitle Lust,
Schier ist mir auch erstorben drin
Der Haß des Schlechten, sogar der Sinn
Für eigne wie für fremde Not –
Und in mir lebt nur noch der Tod!]

Der Vorhang fällt, das Stück ist aus,
Und gähnend wandelt jetzt nach Haus
Mein liebes deutsches Publikum.
Die guten Leutchen sind nicht dumm;
Das speist jetzt ganz vergnügt zu Nacht,
Und trinkt sein Schöppchen, singt und lacht –
[Er hatte Recht, der edle Heros,
Der weiland sprach im Buch Homeros:
Der kleinste lebendige Philister
Zu Stukkert am Neckar, viel glücklicher ist er,
Als ich, der Pelide, der tote Held,
Der Schattenfürst in der Unterwelt.]

Ich habe verlacht, bei Tag und bei Nacht,
So Männer wie Frauenzimmer;
Ich habe große Dummheiten gemacht –
Die Klugheit bekam mir noch schlimmer.

Die Magd ward schwanger und gebar –
Wozu das viele Gewimmer?
Wer nie im Leben töricht war,
Ein Weiser war er nimmer.

Wer ein Herz hat und im Herzen
Liebe trägt ist überwunden
Schon zur Hälfte, und so lieg ich
Jetzt geknebelt und gebunden.

Wenn ich sterbe wird die Zunge
Ausgeschnitten meiner Leiche;
Denn sie fürchten, redend käm ich
Wieder aus dem Schattenreiche.

Stumm verfaulen wird der Tote
In der Gruft, und nie verraten
Werd ich die an mir verübten
Lächerlichen Freveltaten.

Die Söhne des Glückes beneide ich nicht
Ob ihrem Leben, beneiden
Will ich sie nur ob ihrem Tod,
Dem schmerzlos raschen Verscheiden.

Im Prachtgewand, das Haupt bekränzt
Und Lachen auf der Lippe
Sitzen sie froh beim Lebensbankett –
Da trifft sie jählings die Hippe.

Im Festkleid und mit Rosen geschmückt,
Die noch wie lebend blühten
Gelangen in das Schattenreich
Fortunas Favoriten.

Nie hatte Siechtum sie entstellt,
Sind Tote von guter Miene

Und huldreich empfängt sie an ihrem Hof
Zarewna Proserpine.

Wie sehr muß ich beneiden ihr Los!
Schon sieben Jahr mit herben
Qualvollen Gebresten wälz ich mich
Am Boden und kann nicht sterben!

O Gott, verkürze meine Qual
Damit man mich bald begrabe;
Du weißt ja, daß ich kein Talent
Zum Martyrtume habe.

Ob deiner Inkonsequenz, o Herr,
Erlaube daß ich staune:
Du schufest den fröhlichsten Dichter und raubst
Ihm jetzt seine gute Laune.

Der Schmerz verdumpft den heitern Sinn
Und macht mich melancholisch;
Nimmt nicht der traurige Spaß ein End,
So werd ich am Ende katholisch.

Ich heule dir dann die Ohren voll
Wie andre gute Christen –
O Miserere! Verloren geht
Der beste der Humoristen!

Nachts, erfaßt vom wilden Geiste,
Streck ich die geballten Fäuste
Drohend aus – jedoch erschlafft
Sinkt der Arm, mir fehlt die Kraft.

Leib und Seele sind gebrochen,
Und ich sterbe ungerochen.
Auch kein Blutsfreund zornentflammt,
Übernimmt das Rächeramt.

Ach! Blutsfreunde sind es eben
Welche mir den Tod gegeben.
Und die schnöde Meucheltat
Ward verübet durch Verrat.

Siegfried gleich dem hürnen Recken
Wußten sie mich hinzustrecken –
Leicht erspäht Familienlist,
Wo der Held verwundbar ist.

Wenn sich die Blutegel vollgesogen,
Man streut auf ihren Rücken bloß
Ein bißchen Salz, und sie fallen ab –
Doch dich, mein Freund, wie werd ich dich los?

Mein Freund, mein Gönner, mein alter Blutsauger,
Wo find ich für dich das rechte Salz?
Du hast mir liebreich ausgesaugt
Den letzten Tropfen Rückgratschmalz.

Auch bin ich seitdem so abgemagert
Ein ausgebeutet armes Skelett –
Du aber schwollest stattlich empor
Die Wänglein sind rot, das Bäuchlein ist fett.

O Gott, schick mir einen braven Banditen,
Der mich ermordet mit raschem Stoß –
Nur diesen langweilgen Blutegel nicht;
Der langsam saugt – wie werd ich ihn los?

Mir lodert und wogt im Hirn eine Flut
Von Wäldern, Bergen und Fluren;
Aus dem tollen Wust tritt endlich hervor
Ein Bild mit festen Konturen.

Das Städtchen das mir im Sinne schwebt
Ist Godesberg, ich denke.
Dort wieder unter dem Lindenbaum
Sitz ich vor der alten Schenke.

Der Hals ist mir trocken, als hätt ich verschluckt
Die untergehende Sonne.
Herr Wirt! Herr Wirt! eine Flasche Wein
Aus Eurer besten Tonne.

Es fließt der holde Rebensaft
Hinunter in meine Seele
Und löscht bei dieser Gelegenheit
Den Sonnenbrand der Kehle.

Und noch eine Flasche, Herr Wirt, ich trank
Die erste in schnöder Zerstreuung,
Ganz ohne Andacht! Mein edler Wein
Ich bitte dich drob um Verzeihung.

Ich sah hinauf nach dem Drachenfels,
Der hochromantisch beschienen
Vom Abendrot, sich spiegelt im Rhein
Mit seinen Burgruinen.

Ich horchte dem fernen Winzergesang
Und dem kecken Gezwitscher der Finken –
So trank ich zerstreut und an den Wein
Dacht ich nicht während dem Trinken.

Jetzt aber steck ich die Nase ins Glas,
Und ernsthaft zuvor beguck ich
Den Wein den ich schlucke, manchmal auch
Ganz ohne zu gucken, schluck ich.

Doch sonderbar! Während dem Schlucken wird mir
Zu Sinne als ob ich verdoppelt,
Ein andrer armer Schlucker sei
Mit mir zusammengekoppelt.

Der sieht so krank und elend aus
So bleich und abgemergelt.
Gar schmerzlich verhöhnend schaut er mich an,
Wodurch er mich seltsam nergelt.

Der Bursche behauptet er sei ich selbst,
Wir wären nur eins wir beide,
Wir wären ein einziger armer Mensch,
Der jetzt am Fieber leide.

Nicht in der Schenke von Godesberg,
In einer Krankenstube
Des fernen Paris befänden wir uns –
Du lügst du bleicher Bube.

Du lügst, ich bin so gesund und rot
Wie eine blühende Rose.
Auch bin ich stark, nimm dich in acht,
Daß ich mich nicht erbose.

Er zuckt die Achsel und seufzt: O Narr!
Das hat meinen Zorn entzügelt;
Und mit dem verdammten zweiten Ich
Hab ich mich endlich geprügelt.

Doch sonderbar jedweden Puff,
Den ich dem Burschen erteile
Empfinde ich am eignen Leib,
Und ich schlage mir Beule auf Beule.

Bei dieser fatalen Balgerei
Ward wieder der Hals mir trocken,
Und will ich rufen nach Wein den Wirt,
Die Worte im Munde stocken.

Mir schwinden die Sinne und traumhaft hör ich
Von Kataplasmen reden
Auch von der Mixtur – ein Eßlöffel voll –
Zwölf Tropfen stündlich in jeden.

Für eine Grille – keckes Wagen! –
Hab ich das Leben eingesetzt
Und nun das Spiel verloren jetzt,
Mein Herz du darfst dich nicht beklagen.

Die Sachsen sagen: »Minschenwille
Ist Minschen-Himmelrik» – Ich gab
Das Leben hin, jedoch ich hab
Verwirklicht meines Lebens Grille!

Die Seligkeit die ich empfunden
Darob war nur von kurzer Frist
Doch wer von Wonne trunken ist
Der rechnet nicht nach eitel Stunden

Wo Seligkeit ist Ewigkeit
Hier lodern alle Liebesflammen
In eine einzge Glut zusammen;
Hier gibt es weder Raum noch Zeit.

Mein Tag war heiter, glücklich meine Nacht.
Mir jauchzte stets mein Volk, wenn ich die Leier
Der Dichtkunst schlug. Mein Lied war Lust und Feuer,
Hat manche schöne Gluten angefacht.

Noch blüht mein Sommer, dennoch eingebracht
Hab ich die Ernte schon in meine Scheuer –
Und jetzt soll ich verlassen was so teuer,
So lieb und teuer mir die Welt gemacht!

Der Hand entsinkt das Saitenspiel. In Scherben
Zerbricht das Glas, das ich so fröhlich eben
An meine übermütgen Lippen preßte.

O Gott! wie häßlich bitter ist das Sterben!
O Gott! wie süß und traulich läßt sich leben
In diesem traulich süßen Erdenneste!

Ganz entsetzlich ungesund
Ist die Erde, und zugrund,
Ja, zugrund muß alles gehn,
Was hienieden groß und schön.

Sind es alten Wahns Phantasmen,
Die dem Boden als Miasmen
Stumm entsteigen und die Lüfte
Schwängern mit dem argen Gifte?

Holde Frauenblumen, welche
Kaum erschlossen ihre Kelche
Den geliebten Sonnenküssen,
Hat der Tod schon fortgerissen.

Helden, trabend hoch zu Roß,
Trifft unsichtbar das Geschoß;
Und die Kröten sich beeifern,
Ihren Lorbeer zu begeifern.

Was noch gestern stolz gelodert,
Das ist heute schon vermodert;
Seine Leier mit Verdruß
Bricht entzwei der Genius.

O wie klug sind doch die Sterne!
Halten sich in sichrer Ferne
Von dem bösen Erdenrund,
Das so tödlich ungesund.

Kluge Sterne wollen nicht
Leben, Ruhe, Himmelslicht
Hier einbüßen, hier auf Erden,
Und mit uns elendig werden –

Wollen nicht mit uns versinken
In den Twieten, welche stinken,
In dem Mist, wo Würmer kriechen,
Welche auch nicht lieblich riechen –

Wollen immer ferne bleiben
Vom fatalen Erdentreiben,
Von dem Klüngel und Geruddel,
Von dem Erdenkuddelmuddel.

Mitleidsvoll aus ihrer Höhe
Schaun sie oft auf unser Wehe;
Eine goldne Träne fällt
Dann herab auf diese Welt.

Die Liebe begann im Monat März,
Wo mir erkrankte Sinn und Herz.
Doch als der Mai, der grüne, kam
Ein Ende all mein Trauern nahm

Es war am Nachmittag um drei,
Wohl auf der Moosbank der Einsiedelei
Die hinter der Linde liegt versteckt,
Da hab ich ihr mein Herz entdeckt.

Die Blumen dufteten. Im Baum
Die Nachtigall sang, doch hörten wir kaum
Ein einziges Wort von ihrem Gesinge –
Wir hatten zu reden viel wichtige Dinge.

Wir schwuren uns Treue bis in den Tod.
Die Stunden schwanden, das Abendrot
Erlosch. Doch saßen wir lange Zeit
Und weinten in der Dunkelheit.

Ich seh im Stundenglase schon
Den kargen Sand zerrinnen.
Mein Weib, du engelsüße Person!
Mich reißt der Tod von hinnen.

Er reißt mich aus deinem Arm, mein Weib,
Da hilft kein Widerstehen
Er reißt die Seele aus dem Leib –
Sie will vor Angst vergehen.

Er jagt sie aus dem alten Haus,
Wo sie so gerne bliebe.

Sie zittert und flattert – wo soll ich hinaus?
Ihr ist wie dem Floh im Siebe.

Das kann ich nicht ändern, wie sehr ich mich sträub,
Wie sehr ich mich winde und wende;
Der Mann und das Weib, die Seel und der Leib,
Sie müssen sich trennen am Ende.

Den Strauß, den mir Mathilde band
Und lächelnd brachte, mit bittender Hand
Weis ich ihn ab – Nicht ohne Grauen
Kann ich die blühenden Blumen schauen.

Sie sagen mir, daß ich nicht mehr
Dem schönen Leben angehör,
Daß ich verfallen dem Totenreiche,
Ich arme unbegrabne Leiche.

Wenn ich die Blumen rieche, befällt
Mich heftiges Weinen – Von dieser Welt
Voll Schönheit und Sonne, voll Lust und Lieben,
Sind nur die Tränen mir geblieben.

Wie glücklich war ich wenn ich sah
Den Tanz der Ratten der Opera –
Jetzt hör ich schon das fatale Geschlürfe
Der Kirchhofsratten und Grabmaulwürfe.

O Blumendüfte, ihr ruft empor
Ein ganzes Ballett, ein ganzes Chor
Von parfümierten Erinnerungen –
Das kommt auf einmal herangesprungen,

Mit Kastagnetten und Zimbelklang
In flittrigen Röckchen, die nicht zu lang,
Doch all ihr Tändeln und Kichern und Lachen
Es kann mich nur noch verdrießlicher machen!

Fort mit den Blumen! Ich kann nicht ertragen
Die Düfte die von alten Tagen
Mir boshaft erzählt viel holde Schwänke –
Ich weine wenn ich derselben gedenke –

Ich war, o Lamm, als Hirt bestellt
Zu hüten dich auf dieser Welt.
Hab dich mit meinem Brot geätzt,
Mit Wasser aus dem Born geletzt.
Wenn kalt der Wintersturm gelärmt
Hab ich dich an der Brust erwärmt.
Hier hielt ich fest dich angeschlossen
Wenn Regengüsse sich ergossen
Und Wolf und Waldbach um die Wette
Geheult im dunkeln Felsenbette.
Du bangtest nicht, hast nicht gezittert
Selbst wenn den höchsten Tann zersplittert
Der Wetterstrahl – in meinem Schoß
Du schliefest still und sorgenlos.

Mein Arm wird schwach, es schleicht herbei
Der blasse Tod! Die Schäferei,
Das Hirtenspiel, es hat ein Ende.
O Gott ich leg in deine Hände
Zurück den Stab – behüte du
Mein armes Lamm, wenn ich zur Ruh
Bestattet bin – und dulde nicht
Daß irgendwo ein Dorn sie sticht –

O schütz ihr Vlies vor Dornenhecken
Und auch vor Sümpfen, die beflecken,
Laß überall zu ihren Füßen
Das allerbeste Futter sprießen
Und laß sie schlafen sorgenlos,
Wie einst sie schlief in meinem Schoß!

Wie schön er ist, so qualvoll auch,
Mit seinen Feuerbränden,
Ist dieses Lebens Fiebertraum –
Laß bald, o Gott, ihn enden.

Erschließe mir das Schattenland!
Ich will die Lippe dort nässen
Mit jener Flut die kühlend schenkt
Ein ewiges Vergessen

Vergessen wird alles – die Liebe allein
Vergißt man nicht im Tode!
Das Märchen vom Lethestrand ersann
Ein griechisch liebloser Rhapsode.

Guter Rat

Gib ihren wahren Namen immer
In deiner Fabel ihren Helden.
Wagst du es nicht, ergehts dir schlimmer
Zu deinem Eselbilde melden
Sich gleich ein Dutzend graue Toren –
Das sind ja meine langen Ohren
Ruft jeder, dieses gräßlich grimme
Gebreie ist ja meine Stimme –

Der Esel bin ich! obgleich nicht genannt
Erkennt mich doch mein Vaterland,
Mein Vaterland Germania!
Der Esel bin ich! I-A! I-A!
Hast einen Dummkopf schonen wollen
Und zwölfe sind es die dir grollen.

THEMATISCH VERWANDT

Ein Sonett

Sie küßten mich mit ihren falschen Lippen,
Sie haben mir kredenzt den Saft der Reben
Und haben mich dabei mit Gift vergeben –
Das taten mir die Magen und die Sippen.

Es schmilzt das Fleisch von meinen armen Rippen,
Ich kann mich nicht vom Siechbett mehr erheben,
Arglistig stahlen sie mein junges Leben –
Das taten mir die Magen und die Sippen.

Ich bin ein Christ – wie es im Kirchenbuche
Bescheinigt steht – deshalb, bevor ich sterbe,
Will ich euch fromm und brüderlich verzeihen.

Es wird mir sauer – ach! mit meinem Fluche
Möcht ich weit lieber euch vermaledeien:
Daß euch der Herr verdamme und verderbe.

Orpheisch

[Es gab den Dolch in deine Hand
Ein böser Dämon in der bösen Stunde –
Ich weiß nicht, wie der Dämon hieß –
Ich weiß nur, daß vergiftet war die Wunde.]

In stillen Nächten denk ich oft,
Du solltest mal dem Schattenreich entsteigen,
Und lösen alle Rätsel mir
Und mich von deiner Unschuld überzeugen.

Ich harre dein – o komme bald!
Und kommst du nicht, so steig ich selbst zur Hölle,
Daß ich alldort vor Satanas
Und allen Teufeln dich zur Rede stelle.

Ich komme und wie Orpheus einst
Trotz ich der Unterwelt und ihren Schrecken –
Ich finde dich, und wolltest du
Im tiefsten Höllenpfuhle dich verstecken.

Hinunter jetzt ins Land der Qual,
Wo Händeringen nur und Zähneklappen –
Ich reiße dir die Larve ab,
Der angeprahlten Großmut Purpurlappen – –

[Jetzt weiß ich, was ich wissen wollt,
Und gern, mein Mörder, will ich dir verzeihen;
Doch hindern kann ich nicht daß jetzt
Schmachvoll die Teufel dir ins Antlitz speien.]

Celimene

Glaube nicht, daß ich aus Dummheit
Dulde deine Teufeleien;
Glaub auch nicht ich sei ein Herrgott,
Der gewohnt ist zu verzeihen.

Deine Nücken, deine Tücken,
Hab ich freilich still ertragen.
Andre Leut an meinem Platze
Hätten längst dich tot geschlagen.

Schweres Kreuz! gleichviel, ich schlepp es!
Wirst mich stets geduldig finden –
Wisse, Weib, daß ich dich liebe
Um zu büßen meine Sünden.

Ja, du bist mein Fegefeuer,
Doch aus deinen schlimmen Armen
Wird geläutert mich erlösen
Gottes Gnade und Erbarmen.

Stunden, Tage, Ewigkeiten
Sind es, die wie Schnecken gleiten;
Diese grauen Riesenschnecken
Ihre Hörner weit ausrecken.

Manchmal in der öden Leere,
Manchmal in dem Nebelmeere
Strahlt ein Licht, das süß und golden,
Wie die Augen meiner Holden.

Doch im selben Nu zerstäubet
Diese Wonne, und mir bleibet
Das Bewußtsein nur, das schwere,
Meiner schrecklichen Misere.

Die Liebesgluten, die so lodernd flammten,
Wo gehn sie hin wenn unser Herz verglommen?
Sie gehn dahin woher sie einst gekommen,
Zur Hölle, wo sie braten die Verdammten.

Geleert hab ich nach Herzenswunsch
Der Liebe Kelch, ganz ausgeleert
Das ist ein Trank der uns verzehrt
Wie flammendheißer Kognakpunsch.
Da lob ich mir die laue Wärme
Der Freundschaft, jedes Seelenweh
Stillt sie, erquickend die Gedärme
Wie eine fromme Tasse Tee.

Es geht am End, es ist kein Zweifel,
Der Liebe Glut sie geht zum Teufel.
Sind wir einmal von ihr befreit
Beginnt für uns die bessre Zeit
Das Glück der kühlen Häuslichkeit.
Der Mensch genießet dann die Welt,
Die immer lacht fürs liebe Geld,
Er speist vergnügt sein Leibgericht
Und in den Nächten wälzt er nicht
Schlaflos sein Haupt, er ruhet warm
In seiner treuen Gattin Arm.

Mittelalterliche Roheit
Weicht dem Aufschwung schöner Künste:
Instrument moderner Bildung
Ist vorzüglich das Klavier.

Auch die Eisenbahnen wirken
Heilsam aufs Familienleben,
Sintemal sie uns erleichtern
Die Entfernung von der Sippschaft.

Wie bedaur ich daß die Darre
Meines Rückgratmarks mich hindert,
Lange Zeit noch zu verweilen
In dergleichen Fortschrittswelt!

Es kommt der Tod – jetzt will ich sagen
Was zu verschweigen ewiglich
Mein Stolz gebot: für dich, für dich,
Es hat mein Herz für dich geschlagen.

Der Sarg ist fertig, sie versenken
Mich in die Gruft. Da hab ich Ruh
Doch du, doch du, Maria, du
Wirst weinen oft und mein gedenken.

Du ringst sogar die schönen Hände –
O tröste dich – das ist das Los,
Das Menschenlos, was gut und groß
Und schön das nimmt ein schlechtes Ende

AN DIE MOUCHE

Dich fesselt mein Gedankenbann
Und was ich dachte, was ich sann
Das mußt du denken, mußt du sinnen –
Kannst meinem Geiste nicht entrinnen.

Ein gar subtiler Spiritus
Ist dieser Geist, ein Dominus
Im Geisterheer vom höchsten Range;
Ihn ehrt sogar die Muhme Schlange.

Stets weht dich an sein süßer Hauch
Und wo du bist, da ist er auch
Du bist sogar im Bett nicht sicher
Vor seinem Kusse und Gekicher.

Mein Leib liegt tot im Grab, jedoch
Mein Geist er ist lebendig noch
Und wohnt gleich einem Hauskobolde
In deinem Herzchen, meine Holde.

Vergönn das traute Nestchen ihm,
Du wirst nicht los das Ungetüm,
Du wirst nicht los den kleinen Schnapphahn,
Und flöhest du bis China, Japan!

Denn überall wohin du reist
Sitzt ja im Herzchen dir mein Geist
Hier träumt er seine tollsten Träume
Hier schlägt er seine Purzelbäume.

Hörst du? Er musizieret jetzt –
Die Flöh in deinem Hemd ergetzt
So sehr sein Saitenspiel und Singen,
Daß sie vor Wonne hochaufspringen.

Laß mich mit glühnden Zangen kneipen,
Laß grausam schinden mein Gesicht;
Laß mich mit Ruten peitschen, stäupen,
Doch warten, warten laß mich nicht!

Laß mit Torturen aller Arten
Verrenken, brechen mein Gebein –
Doch laß mich nicht vergebens warten,
Denn Warten ist die schlimmste Pein!

Den ganzen Nachmittag bis sechse
Hab gestern ich umsonst geharrt –
Umsonst – du kamest nicht, o Hexe,
So daß ich schier wahnsinnig ward!

Die Ungeduld hielt mich umringelt
Wie Schlangen, jeden Augenblick
Fuhr ich empor wenn man geklingelt –
Doch kamst du nicht, ich fiel zurück!

Du kamest nicht – ich rase, schnaube,
Und Satanas raunt mir ins Ohr:
Die holde Lotosblum, ich glaube
Mokiert sich deiner, alter Tor!

Wahrhaftig wir beide bilden
Ein kurioses Paar
Die Liebste ist schwach auf den Beinen
Der Liebhaber lahm sogar.

Sie ist ein leidendes Kätzchen
Und er ist krank wie ein Hund;
Ich glaube im Kopfe sind beide
Nicht sonderlich gesund.

Sie sei eine Lotosblume
Bildet die Liebste sich ein;
Doch er, der blasse Geselle,
Vermeint der Mond zu sein –

Vertraut sind ihre Seelen,
Doch jedem von beiden bleibt fremd
Was bei dem andern befindlich
Wohl zwischen Seel und Hemd!

Die Lotosblume erschließet
Ihr Kelchlein im Mondenlicht;
Doch statt des befruchtenden Lebens
Empfängt sie nur ein Gedicht!

Es träumte mir von einer Sommernacht
Wo bleich verwittert in dem Mondenglanze
Bauwerke lagen, Reste alter Pracht
Ruinen aus der Zeit der Renaissance.

Nur hie und da mit dorisch ernstem Knauf
Hebt aus dem Schutt sich einzeln eine Säule

Und schaut zum Firmament hinauf
Als ob sie spotte seiner Donnerkeile.

Gebrochen an dem Boden liegen rings
Portale, Giebeldächer mit Skulpturen
Wo Mensch und Tier vermischt, Kentaur und Sphinx,
Satyr, Chimäre, Fabelzeitfiguren.

Auch manches Frauenbild von Stein liegt hier
Unkrautumwuchert in dem hohen Grase;
Die Zeit, die schlimmste Syphilis, hat ihr
Geraubt ein Stück der edlen Nymphennase.

Es steht ein offner Marmor-Sarkophag
Ganz unverstümmelt unter den Ruinen,
Und gleichfalls unversehrt im Sarge lag
Ein toter Mann mit leidend sanften Mienen –

Karyatiden mit gerecktem Hals
Scheinen mühsam das Monument zu halten;
An beiden Seiten sah man ebenfalls
Viel basrelief gemeißelte Gestalten.

Hier sah man des Olympos Herrlichkeit
Mit seinen liederlichen Heidengöttern;
Adam und Eva stehn dabei, sind beid
Versehn mit keuschem Schurz von Feigenblättern.

Hier sah man Trojas Untergang und Brand
Paris und Helena, auch Hektor sah man,
Moses und Aaron gleich daneben stand,
Auch Judith, Holophern und Haman.

Desgleichen war zu sehn der Gott Amour
Phöbus Apoll, Vulkanus und Frau Venus,
Pluto und Proserpine und Merkur,
Gott Bacchus mit Priapus und Silenus.

Daneben stand der Esel Barlaams,
(Der Esel war zum Sprechen gut getroffen)
Dort sah man auch die Prüfung Abrahams
Und Lot, der mit den Töchtern sich besoffen.

Hier war zu schaun der Tanz Herodias
Das Haupt des Täufers trägt man auf der Schüssel;
Die Hölle sah man hier und Satanas,
Und Petrus mit dem großen Himmelsschlüssel.

Abwechselnd wieder sah man hier skulptiert
Des geilen Jovis Brunst und Freveltaten,
Wie er als Schwan die Leda hat verführt,
Die Danae als Regen von Dukaten.

Hier war zu sehn Dianas wilde Jagd,
Ihr folgen hochgeschürzte Nymphen, Doggen;
Hier sah man Herkules in Frauentracht
Die Spindel drehend, hielt im Arm den Rocken.

Daneben ist der Sinai zu sehn
Am Berg steht Israel mit seinen Ochsen;
Man schaut den Herrn als Kind im Tempel stehn,
Und disputieren mit den Orthodoxen.

Die Gegensätze sind hier grell gepaart:
Des Griechen Lustsinn und der Gottgedanke
Judäas! Und in Arabeskenart
Um beide schlingt das Efeu seine Ranke.

Doch wunderbar! derweilen solcherlei
Bildwerke träumend ich betrachtet habe
Wird plötzlich mir zu Sinn, ich selber sei
Der tote Mann im schönen Marmorgrabe.

Zu Häupten aber meiner Ruhestätt
Stand eine Blume rätselhaft gestaltet,
Die Blätter schwefelgelb und violett,
Doch wilder Liebreiz in der Blume waltet.

Das Volk nennt sie die Blume der Passion
Und sagt, sie sei dem Schädelberg entsprossen,
Als man gekreuzigt hat den Gottessohn,
Und dort sein welterlösend Blut geflossen.

Blutzeugnis, heißt es, gebe diese Blum
Und alle Marterinstrumente welche
Den Henkern dienten bei dem Martyrtum
Trage sie konterfeit in ihrem Kelche.

Ja, alle Requisiten der Passion
Sähe man hier, die ganze Folterkammer,
Zum Beispiel, Geißel, Stricke, Dornenkron,
Das Kreuz, den Kelch, Nägel und Hammer.

Solch eine Blum an meinem Grabe stand,
Sich über meinen Leichnam niederbeugend
Wie Frauentrauer, küßt sie mir die Hand,
Küßt Stirne mir und Augen trostlos schweigend.

Doch Zauberei des Traumes! Seltsamlich
Die Blume der Passion, die schwefelgelbe
Verwandelt in ein Frauenbildnis sich –
Und das ist sie, die Liebste, ja dieselbe.

Du warst die Blume, du, geliebtes Kind
An deinen Küssen mußt ich dich erkennen –
So zärtlich keine Blumenlippen sind,
So feurig keine Blumentränen brennen!

Geschlossen war mein Aug, doch angeblickt
Hat meine Seel beständig dein Gesichte;
Du sahst mich an, beseligt und verzückt
Und geisterhaft beglänzt vom Mondenlichte.

Wir sprachen nicht. Jedoch mein Herz vernahm
Was du verschwiegen dachtest im Gemüte –
Das ausgesprochne Wort ist ohne Scham,
Das Schweigen ist der Liebe keusche Blüte.

Und wie beredsam dieses Schweigen ist!
Man sagt sich alles ohne Metaphoren,
Ganz ohne Feigenblatt, ganz ohne List
Des Silbenfalls, des Wohllauts der Rhetoren.

Lautloses Zwiegespräch! man glaubt es kaum,
Wie bei dem stummen zärtlichen Geplauder,
So schnell die Zeit verstreicht im schönen Traum
Der Sommernacht, gewebt aus Lust und Schauder!

Was wir gesprochen? frag es niemals, ach!
Den Glühwurm frag was er den Gräsern glimmert?
Die Welle frage was sie rauscht im Bach?
Frage den Westwind was er weht und wimmert?

Frag was er strahlet der Karfunkelstein?
Frag was sie düfteln, Nachtviol und Rosen?
Doch frage nie wovon im Mondenschein
Die Marterblume und ihr Toter kosen!

Ich weiß es nicht wie lange ich genoß
In meiner schlummerkühlen Marmortruhe
Den schönen Friedenstraum – Ach, es zerfloß
Die Wonne meiner ungestörten Ruhe!

O Tod! mit deiner Grabesstille, du,
Nur du kannst uns die beste Wollust geben –
Den Krampf der Leidenschaft, Lust ohne Ruh
Gibt uns für Glück das albern blöde Leben!

Doch wehe mir! Es schwand die Seligkeit,
Als draußen plötzlich sich ein Lärm erhoben,
Es war ein scheltend, stampfend wüster Streit –
Ach! meine Blum verscheuchte dieses Toben.

Ja draußen sich erhob mit wildem Grimm
Ein Zanken, ein Gekeife, ein Gekläffe!
Ich glaubte zu erkennen manche Stimm –
Es waren meines Grabmals Basreliefe.

Spukt in dem Stein der alte Glaubenswahn?
Und disputieren diese Marmorschemen?
Der Schreckensruf des grimmen Waldgotts Pan
Wetteifert wild mit Mosis Anathemen.

O dieser Streit wird endgen nimmermehr,
Stets wird die Wahrheit hadern mit dem Schönen,
Stets wird geschieden sein der Menschheit Heer
In zwei Partein, Barbaren und Hellenen.

Das fluchte, schimpfte! gar kein Ende nahms
Mit dieser Kontroverse, der langweilgen!
Da war zumal der Esel Barlaams,
Der überschrie die Götter und die Heilgen.

Mit diesem I-A! I-A! dem Gewiehr
Dem rülpsend ekelhaften Mißlaut brachte
Mich zur Verzweiflung fast das dumme Tier –
Ich selbst zuletzt schrie auf – und ich erwachte.

Worte! Worte! keine Taten!
Niemals Fleisch, geliebte Puppe,
Immer Geist und keinen Braten,
Keine Knödel in der Suppe!

Doch vielleicht ist dir zuträglich
Nimmermehr die Lendenkraft
Welche galoppieret täglich
Auf dem Roß der Leidenschaft

Ja, ich fürchte fast, es riebe
Zartes Kind, dich endlich auf
Jene wilde Jagd der Liebe
Amors Steeple race Wettlauf

Viel gesunder glaub ich schier
Ist für dich ein kranker Mann
Als Liebhaber, der gleich mir
Kaum ein Glied bewegen kann

Deshalb unsrem Herzensbund
Liebste, widme deine Triebe
Solches ist dir sehr gesund,
Eine Art Gesundheitsliebe.

VERMISCHTE GEDICHTE

Für das Album von Elisabeth Friedländer

Ich seh dich an und glaub es kaum –
Es war ein schöner Rosenbaum –
Die Düfte stiegen mir lockend zu Häupten,
Daß sie mir zuweilen das Hirn betäubten –
Es blüht hervor die Erinnerung –
Ach! damals war ich närrisch und jung –
Jetzt bin ich alt und närrisch – Ein Stechen
Fühl ich im Aug – Nun muß ich sprechen
In Reimen sogar – es wird mir schwer,
Das Herz ist voll, der Kopf ist leer!

Du kleine Cousinenknospe! es zieht
Bei deinem Anblick durch mein Gemüt
Gar seltsame Trauer, in seinen Tiefen
Erwachen Bilder die lange schliefen –
Sirenenbilder, sie schlagen auf
Die lachenden Augen, sie schwimmen herauf
Lustplätschernd – Die Schönste der Schar
Die gleicht dir selber auf ein Haar! –

Das ist der Jugend Frühlingstraum –
Ich seh dich an und glaub es kaum!
Das sind die Züge der teuren Sirene,
Das sind die Blicke, das sind die Töne –
Sie hat ein süßkrötiges Stimmelein,
Bezaubernd die Herzen groß und klein –
Die Schmeicheläuglein spielen ins Grüne,
Meerwunderlich mahnend an Delphine –

Ein bißchen spärlich die Augenbraun,
Doch hochgewölbt und anzuschaun
Wie anmutstolze Siegesbogen –
Auch Grübchenringe, lieblich gezogen,
Dicht unter dem Aug, in den rosigen Wänglein –
Doch leider weder Menschen noch Englein
Sind ganz vollkommen – Das herrlichste Wesen
Hat seine Fehler, wie wir lesen
In allen Märchen. Herr Lusignan,
Der einst die schönste Meerfee gewann,
Hat doch an ihr, in manchen Stunden,
Den heimlichen Schlangenschwanz gefunden.

Warnung

Verletze nicht durch kalten Ton
Den Jüngling, welcher dürftig, fremd,
Um Hülfe bittend, zu dir kömmt –
Er ist vielleicht ein Gottessohn.

Siehst du ihn wieder einst, sodann
Die Gloria sein Haupt umflammt;
Den strengen Blick, der dich verdammt,
Dein Auge nicht ertragen kann.

Ewigkeit! wie bist du lang
Länger noch als tausend Jahr
Tausend Jahre brat ich schon,
Ach! Und ich bin noch nicht gar.

Ewigkeit! wie bist du lang
Länger noch als tausend Jahr,

Und der Satan kommt am End
Frißt mich auf mit Haut und Haar.

Der Helfer

Du frohlockst, Plantagenet, und glaubst
Daß du die letzte Hoffnung uns raubst,
Weil deine Knechte ein Grabmal fanden,
Worauf der Name »Arthur« gestanden.

Arthur ist nicht gestorben, es barg
Nicht seinen Leichnam der steinerne Sarg.
Ich selber sah ihn vor wenig Tagen
Lebendigen Leibes im Walde jagen.

Er trug ein Kleid von grünem Samt,
Die Lippe lacht, das Auge flammt.
Er kam mit seinen Jagdgenossen
Einhergeritten auf stolzen Rossen.

Wie allgewaltig sein Hifthorn schallt,
Trara – trara – durch Tal und Wald!
Die Zauberklänge, die Wundertöne,
Sie sind verständlich für Cornwalls Söhne.

Sie melden, die Zeit ist noch nicht da,
Doch kommt sie bald – Trara – trara! –
Und König Arthur mit seinen Getreuen,
Wird von den Normannen das Land befreien.

Rationalistische Exegese

Nicht v o n Raben, nein m i t Raben
Wurde Elias ernähret –
Also ohne Wunder haben
Wir die Stelle uns erkläret.

Ja, anstatt gebratner Tauben,
Gab man ihm gebratne Raben,
Wie wir deren selbst mit Glauben
Zu Berlin gespeiset haben.

Unbequemer neuer Glauben!
Wenn sie uns den Herrgott rauben,
Hat das Fluchen auch ein End –
Himmel – Herrgott – Sakrament!

Wir entbehren leicht das Beten,
Doch das Fluchen ist vonnöten
Wenn man gegen Feinde rennt –
Himmel – Herrgott – Sakrament!

Nicht zum Lieben, nein, zum Hassen,
Sollt ihr uns den Herrgott lassen,
Weil man sonst nicht fluchen könnt –
Himmel – Herrgott – Sakrament!

Beine hat uns zwei gegeben
Gott der Herr, um fortzustreben,
Wollte nicht daß an der Scholle
Unsre Menschheit kleben solle.

Um ein Stillstandsknecht zu sein
Gnügte uns ein einzges Bein.

Augen gab uns Gott ein Paar
Daß wir schauen rein und klar;
Um zu glauben was wir lesen,
Wär e i n Auge gnug gewesen.
Gott gab uns die Augen beide,
Daß wir schauen und begaffen
Wie er hübsch die Welt erschaffen
Zu des Menschen Augenweide.
Doch beim Gaffen in den Gassen
Sollen wir die Augen brauchen
Und uns dort nicht treten lassen
Auf die armen Hühneraugen,
Die uns ganz besonders plagen
Wenn wir enge Stiefel tragen.

Gott versah uns mit zwei Händen,
Daß wir doppelt Gutes spenden
Nicht um doppelt zuzugreifen
Und die Beute aufzuhäufen
In den großen Eisentruhn,
Wie gewisse Leute tun –
(Ihren Namen auszusprechen
Dürfen wir uns nicht erfrechen, –
Hängen würden wir sie gern
Doch sie sind so große Herrn.
Philanthropen, Ehrenmänner,
Manche sind auch unsre Gönner,
Und man macht aus deutschen Eichen
Keine Galgen für die Reichen.)

Gott gab uns nur e i n e Nase,
Weil wir zwei in einem Glase
Nicht hineinzubringen wüßten,
Und den Wein verschlappern müßten.

Gott gab uns nur e i n e n Mund,
Weil zwei Mäuler ungesund.
Mit dem einen Maule schon
Schwätzt zu viel der Erdensohn.
Wenn er doppeltmäulig wär
Fräß und lög er auch noch mehr.
Hat er jetzt das Maul voll Brei
Muß er schweigen unterdessen,
Hätt er aber Mäuler zwei
Löge er sogar beim Fressen.

Mit zwei Ohren hat versehn
Uns der Herr. Vorzüglich schön
Ist dabei die Symmetrie.
Sind nicht ganz so lang wie die,
So er unsern grauen, braven
Kameraden anerschaffen.
Ohren gab uns Gott die beiden
Um von Mozart, Gluck und Haydn,
Meisterstücke anzuhören –
Gäb es nur Tonkunst-Kolik
Und Hämorrhoidal-Musik
Von dem großen Meyerbeer,
Schon e i n Ohr hinlänglich wär.

Als zur blonden Teutolinde
Ich in solcher Weise sprach,
Seufzte sie und sagte: ach!
Grübeln über Gottes Gründe,

Kritisieren unsern Schöpfer,
Ach! das ist als ob der Topf
Klüger sein wollt als der Töpfer!
Doch der Mensch fragt stets: warum?
Wenn er sieht daß etwas dumm
Freund ich hab dir zugehört,
Und du hast mir gut erklärt
Wie zum weisesten Behuf
Gott dem Menschen zwiefach schuf
Augen, Ohren, Arm und Bein
Während er ihm gab nur ein
Exemplar von Nas und Mund –
Doch nun sage mir den Grund:
Gott der Schöpfer der Natur,
Warum schuf er einfach nur
Das skabröse Requisit
Das der Mann gebraucht damit
Er fortpflanze seine Rasse
Und zugleich sein Wasser lasse
Teurer Freund, ein Duplikat
Wäre wahrlich hier vonnöten
Um Funktionen zu vertreten
Die so wichtig für den Staat
Wie fürs Individuum,
Kurz fürs ganze Publikum –
Zwei Funktionen die so greulich
Und so schimpflich und abscheulich
Miteinander kontrastieren,
Und die Menschheit sehr blamieren.
Eine Jungfrau von Gemüt
Muß sich schämen wenn sie sieht
Wie ihr höchstes Ideal
Wird entweiht so trivial!
Wie der Hochaltar der Minne

Wird zur ganz gemeinen Rinne!
Psyche schaudert denn der kleine
Gott Amur der Finsternis
Er verwandelt sich beim Scheine
Ihrer Lamp – in Mankepiß.

Also Teutolinde sprach
Und ich sagte ihr: Gemach!
Unklug wie die Weiber sind,
Du verstehst nicht liebes Kind
Gottes Nützlichkeitssystem.
Sein Ökonomie-Problem
Ist daß wechselnd die Maschinen
Jeglichem Bedürfnis dienen,
Den profanen wie dem heilgen,
Den pikanten wie langweilgen –
Alles wird simplifiziert,
Klug ist alles kombiniert:
Was dem Menschen dient zum Seichen
Damit schafft er Seinesgleichen
Auf demselben Dudelsack
Spielt dasselbe Lumpenpack.
Feine Pfote, derbe Patsche
Fiedelt auf derselben Bratsche.
Durch dieselben Dämpfe, Räder
Springt und singt und gähnt ein jeder
Und derselbe Omnibus
Fährt uns nach dem Tartarus.

An Eduard G.

Du hast nun Titel, Ämter, Würden, Orden,
Hast Wappenschild mit panaschiertem Helm,
Du bist vielleicht auch Exzellenz geworden –
Für mich jedoch bist du ein armer Schelm.

Mir imponieret nicht der Seelenadel
Den du dir anempfunden sehr geschickt,
Obgleich er glänzt wie eine Demantnadel
Die des Philisters weißes Brusthemd schmückt.

O Gott! ich weiß, in deiner goldbetreßten
Hofuniform, gar kümmerlich, steckt nur
Ein nackter Mensch, behaftet mit Gebresten,
Ein seufzend Ding, die arme Kreatur.

Ich weiß, bedürftig, wie die andern alle,
Bist du der Atzung, kackst auch jedenfalls
Wie sie – deshalb mit dem Gemeinplatzschwalle
Von Hochgefühlen bleibe mir vom Hals.

An meinen Bruder Max

Max, du kehrst zurück nach Rußlands
Steppen – doch ein großer Kuhschwanz
Ist für dich die Welt: Pläsier
Bietet jede Schenke hier.

Du ergreifst die nächste Grete
Und beim Klange der Trompete
Und der Pauke – dumdumdum –
Trampelst du mit ihr herum.

Wo dir winken große Humpen
Läßt du gleichfalls dich nicht lumpen,
Und wenn du des Bacchus voll
Reimst du Lieder wie Apoll.

Immer hast du ausgeübet
Luthers Wahlspruch: wer nicht liebet
Wein und Weiber und Gesang,
Bleibt ein Narr sein lebelang.

Möge, Max, das Glück bekränzen
Stets dein Haupt und dir kredenzen
Täglich seinen Festpokal
In des Lebens Kuhschwanzsaal!

Citronia

Das war in jener Kinderzeit,
Als ich noch trug ein Flügelkleid
Und in die Kinderschule ging,
Wo ich das A B C anfing –
Ich war das einzge kleine Bübchen
In jenem Vogelkäfigstübchen.
Ein Dutzend Mädchen, allerliebst
Wie Vöglein haben dort gepiepst,
Gezwitschert und getiriliert,
Auch ganz erbärmlich buchstabiert.
Frau Hindermans im Lehnstuhl saß,
Die Brille auf der langen Nas,
(Ein Eulenschnabel wars vielmehr.)
Das Köpflein wackelnd hin und her,
Und in der Hand die Birkenrut,
Womit sie schlug die kleine Brut,

Das weinend kleine arme Ding,
Das harmlos einen Fehl beging –
Das Röcklein wurde aufgehoben
Nach hinten, und die kleinen Globen,
Die dort sich wölben rührend schön,
Manchmal wie Rosen anzusehn,
Manchmal wie Lilien, wie die gelben
Violen manchmal, ach! dieselben
Sie wurden von der alten Frau
Geschlagen bis sie braun und blau!
Mißhandelt und beschimpft zu werden,
Das ist des Schönen Los auf Erden.

Citronia hab ich genannt
Das wunderbare Zauberland,
Das ich einst bei der Hindermans
Erblickt im goldnen Sonnenglanz –
Es war so zärtlich ideal,
Zitronenfarbig und oval,
So anmutvoll und freundlich mild
Und stolz empört zugleich – dein Bild,
Du erste Blüte meiner Minne!
Es kam mir niemals aus dem Sinne.
Das Kind ward Jüngling und jetzunder
Bin ich ein Mann sogar – o Wunder,
Der goldne Traum der Kinderzeit
Taucht wieder auf in Wirklichkeit!
Was ich gesucht die Kreuz und Quer,
Es wandelt leiblich vor mir her,
Ich hauche ein der holden Nähe
Gewürzten Odem – doch, o wehe!
Ein Vorhang von schwarzbrauner Seide
Raubt mir die süße Augenweide!
Der dumme Lappen, der so dünne

Wie das Gewebe einer Spinne,
Verhüllet mir die Gloria
Des Zauberlands Citronia!

Ich bin wie König Tantalus,
Mich lockt und neckt zugleich Genuß:
Der Trunk, wonach die Lippen dürsten
Entgleitet mir wie jenem Fürsten;
Die Frucht, die ich genösse gern,
Sie ist mir nah und doch so fern!
Ein Fluch dem Wurme, welcher spann
Die Seide, und ein Fluch dem Mann,
Dem Weber, welcher wob den Taft,
Woraus der dunkle schauderhaft
Infame Vorhang ward gemacht,
Der mir verfinstert alle Pracht
Und allen goldnen Sonnenglanz
Citronias, des Zauberlands.

Manchmal, mit toller Fieberglut,
Faßt mich ein Wahnsinnübermut –
O die verwünschte Scheidewand!
Es treibt mich dann mit kecker Hand
Die seidne Hülle abzustreifen,
Nach meinem nackten Glück zu greifen –
Jedoch aus allerlei Rücksichten
Muß ich auf solche Tat verzichten; –
Auch ist dergleichen Dreistigkeit
Nicht mehr im Geiste unsrer Zeit –
Es heiligt jetzt der Sitte Kodex
Die Unantastbarkeit des Podex.

Nachwort

Unverblümt an andern Orten
Werdet ihr in klaren Worten
Später ganz ausführlich lesen
Was Citronia gewesen.
Unterdeß, wer ihn versteht,
Einen Meister nie verrät –
Wißt ihr doch, daß jede Kunst
Ist am End ein blauer Dunst.

Was war jene Blume, welche
Weiland mit dem blauen Kelche
So romantisch süß geblüht
In des Ofterdingen Lied?
Wars vielleicht die blaue Nase
Seiner mitschwindsüchtgen Base,
Die im Adelsstifte starb?
Mag vielleicht von blauer Farb
Ein Strumpfband gewesen sein,
Das beim Hofball fiel vom Bein
Einer Dame – Firlefanz!
Honi soit qui mal y pense!

Welcher Frevel! Freund! Abtrünnig
Wirst du deiner fetten Hanne,
Und du liebst jetzt jene spinnig
Dürre, magre Marianne!

Läßt man sich vom Fleische locken,
Das ist immer noch verzeihlich;
Aber Buhlschaft mit den Knochen,
Diese Sünde ist abscheulich!

Das ist Satans böse Tücke,
Er verwirret unsre Sinne!
Wir verlassen eine Dicke,
Und wir nehmen eine Dünne!

Eduard

Panaschierter Leichenwagen,
Schwarzbehängte Trauerpferde!
Ihm, den sie zu Grabe tragen,
Glückte nichts auf dieser Erde.

War ein junger Mann. Er hätte
Gern wie andre sich erquicket
An dem irdischen Bankette,
Doch es ist ihm nicht geglücket.

Lieblich ward ihm eingeschenket
Der Champagner, perlenschäumend;
Doch er saß, das Haupt gesenket,
Melancholisch ernst und träumend.

Manchmal ließ er in den Becher
Eine stille Träne fließen,
Während rings umher die Zecher
Ihre Lust erschallen ließen.

Nun geh schlafen! Viel freudsamer
Wachst du auf in Himmelssälen,
Und kein Weltrausch-Katzenjammer
Wird dich dort wie andre quälen.

Hab eine Jungfrau nie verführet
Mit Liebeswort, mit Schmeichelei,
Ich hab auch nie ein Weib berühret
Wußt ich daß sie vermählet sei.

Wahrhaftig, wenn es anders wäre
Mein Name, er verdiente nicht
Zu strahlen in dem Buch der Ehre;
Man dürft mir spucken ins Gesicht.

Am Himmel Sonne Mond und Stern
Sie zeugen von der Macht des Herrn
Und schaut des Frommen Aug nach oben
Den Schöpfer wird er preisen, loben.

Ich brauche nicht so hoch zu gaffen,
Auf Erden schon find ich genung
Kunstwerke welche Gott erschaffen
Die würdig der Bewunderung.

Ja, lieben Leute erdenwärts
Senkt sich bescheidentlich mein Blick

Und findet hier das Meisterstück
Der Schöpfung: unser Menschenherz.

Wie herrlich auch der Sonne Pracht
Wie lieblich auch in stiller Nacht
Das Mondenlicht, der Sterne Glanz,
Wie strahlend der Kometen Schwanz –

Die Himmelslichter allesamt
Sie sind nur eitel Pfennigskerzen
Vergleich ich sie mit jenem Herzen
Das in der Brust des Menschen flammt –

Das ist die Welt in Miniatur,
Hier gibt es Berge, Wald und Flur,
Einöden auch mit wilden Bestien
Die oft das arme Herz belästgen –

Hier stürzen Bäche, rauschen Flüsse,
Hier gähnen Gründe, Felsabschüsse,
Viel bunte Gärten, grüne Rasen
Wo Lämmlein oder Esel grasen.

Hier gibts Fontänen welche springen
Derweilen arme Nachtigallen
Um schönen Rosen zu gefallen
Sich an den Hals die Schwindsucht singen

Auch an Abwechslung fehlt es nicht
Heut ist das Wetter warm und licht
Doch morgen schon ist herbstlich kalt
Und nebelgrau die Flur, der Wald.

Die Bäume sie entlauben sich,
Die Winde stürmen fürchterlich
Und endlich flockt herab der Schnee
Zu Eis erstarret Fluß und See.

Jetzt aber gibt es Winterspiele
Vermummt erscheinen die Gefühle,
Ergeben sich dem Mummenschanz
Und dem berauschten Maskentanz –

Freilich inmitten dieser Freuden
Beschleicht sie oft geheimes Leiden
Trotz Mummenschanz und Tanzmusik
Sie seufzen nach verlornem Glück –

Da plötzlich krachts – erschrecke nicht
Es ist das Eis, das jetzo bricht,
Die Rinde schmilzt, die frostig glatte,
Die unser Herz umschlossen hatte –

Entweichen muß, was kalt und trübe,
Es kehrt zurück, o Herrlichkeit
Der Lenz, die schöne Jahreszeit,
Geweckt vom Zauberstab der Liebe!

Groß ist des Herren Gloria
Hier unten groß wie in der Höh.
Ich singe ihm ein Kyrie
Eleison und Halleluja.

Er schuf so schön, er schuf so süß
Das Menschenherze und er blies
Hinein des eignen Odems Geist,
Des Odems welcher Liebe heißt.

Fort mit der Lyra Griechenlands
Fort mit dem liederlichen Tanz
Der Musen, fort, in frömmern Weisen
Will ich den Herrn der Schöpfung preisen.

Fort mit der Heiden Musika
Davidis frommer Harfenklang
Begleite meinen Lobgesang!
Mein Psalm ertönt: Halleluja!

BIMINI

Prolog

Wunderglaube, blaue Blume,
Die verschollen jetzt, wie prachtvoll
Blühte sie im Menschenherzen
Zu der Zeit von der wir singen.

Wunderglaubenszeit! Ein Wunder
War sie selbst. So viele Wunder
Gab es damals, daß der Mensch
Sich nicht mehr darob verwundert.

Wie im kühlsten Werkeltagslicht
Der Gewohnheit sah der Mensch
Manchmal Dinge, Wunderdinge
Welche überflügeln konnten

In der Tollheit selbst die tollsten
Fabeleien in Legenden
Frommer hirnverbrannter Mönche
Und in alten Ritterbüchern.

Eines Morgens, bräutlich blühend,
Tauchte aus des Ozeanes
Blauen Fluten ein Meerwunder,
Eine ganze neue Welt –

Eine neue Welt mit neuen
Menschensorten, neuen Bestien,
Neuen Bäumen, Blumen, Vögeln
Und mit neuen Weltkrankheiten!

Unterdessen unsre alte
Unsre eigne alte Welt
Umgestaltet ganz verwandelt
Wunderbarlich wurde sie

Durch Erfindnisse des Geistes
Des modernen Zaubergeistes
Durch die Schwarzkunst Berthold Schwarzes
Und die noch viel schlimmre Schwarzkunst

Eines Mainzer Teufelbanners
So wie auch durch die Magie
Welche waltet in den Büchern
Die von bärtgen Hexenmeistern

Aus Byzanz und aus Ägypten
Uns gebracht und hübsch verdolmetscht –
Buch der Schönheit heißt das eine,
Buch der Wahrheit heißt das andre.

Beide aber hat Gott selber
Abgefaßt in zwei verschiednen
Himmelsprachen und er schrieb sie
Wie wir glauben, eigenhändig.

Durch die kleine Zitternadel
Die des Seemanns Wünschelrute
Fand derselbe damals auch
Einen Weg nach India,

Nach der langgesuchten Heimat
Der Gewürze, wo sie sprießen
Schier in liederlicher Fülle
Manchmal gar am Boden ranken

Die phantastischen Gewächse
Kräuter, Blumen, Stauden, Bäume,
Die des Pflanzenreiches Adel
Oder Kronjuwelen sind,

Jene seltnen Spezereien,
Mit geheimnisvollen Kräften,
Die den Menschen oft genesen
Öfter auch erkranken machen –

Je nachdem sie mischt die Hand
Eines klugen Apothekers
Oder eines dummen Ungars
Aus dem ... Banat.

Als sich nun die Gartenpforte
Indias erschloß – balsamisch
Wogend jetzt ein Meer von Weihrauch
Eine Sündflut von wollüstig

Ungeheuerlichen Düften,
Sinnberauschend, sinnbetäubend
Strömte plötzlich in das Herz
In das Herz der alten Welt.

Wie gepeitscht von Feuerbränden
Flammenruten, in der Menschen
Adern raste jetzt das Blut,
Lechzend nach Genuß und Gold –

Doch das Gold allein blieb Losung,
Denn durch Gold, den gelben Kuppler
Kann sich jeder leicht verschaffen
Alle irdischen Genüsse.

Gold war jetzt das erste Wort
Das der Spanier sprach, beim Eintritt
In des Indianers Hütte –
Erst nachher frug er nach Wasser.

Mexiko und Peru sahen
Dieses Golddursts Orgia,
Cortez und Pizarro wälzten
Goldbesoffen sich im Golde.

I

Männer wie Columbus, Cortez,
Und Pizarro und Bilbao,
Habt Ihr in der Schul auswendig
Schon gelernt, Ihr kennt sie gut.

Wenig oder gar nicht kennt Ihr
Ihren Zeit- und Zunftgenossen
Jenen Wasserabenteurer
Namens Juan Ponce de Leon

Welcher Florida entdeckte
Aber jahrelang vergebens
Aufgesucht die Wunderinsel
Seiner Sehnsucht, Bimini.

Bimini! bei deines Namens
Holdem Klang, in meiner Brust
Pochen die scheintoten Wünsche
Die dort eingesargt zu frühe –

Auch entschlafne Jugendträume
Schlagen die bestäubten Wimpern
Wieder auf und schaun mich an
Fast befremdet, fast mitleidig –

Während aus der Wahnsinntiefe
Der Erinnerung herauftönt
Wie ein Jauchzen und ein Schluchzen
Von todwunden Nachtigallen, –

Und dazwischen klingen Flöten
Und Schalmeien, Tanzmusik,
Nachhall längst verschollner Lenze,
Melancholisch überlustig.

Bimini – mich selbst erfaßt
Tolles Sehnen und ich schüttle
Mich so stürmisch, daß die Nähte
Meiner Narrenjacke platzen.

Hilf mir Muse, kluge Bergfee
Des Parnasses, Gottestochter,
Steh mir bei jetzt und bewähre
Die Magie der edlen Dichtkunst –

Zeige daß du hexen kannst
Und verwandle flugs mein Lied
In ein Schiff, ein Zauberschiff
Das mich bringt nach Bimini.

Kaum hab ich das Wort gesprochen
Geht mein Wunsch schon in Erfüllung,
Und vom Stapel des Gedankens
Läuft herab das Zauberschiff.

Wer will mit nach Bimini?
Steiget ein, Ihr Herrn und Damen
Wind und Wetter dienend bringet
Euch mein Schiff nach Bimini.

Leidet Ihr am Zipperlein?
Edle Herren? Schöne Damen
Habt Ihr auf der weißen Stirn
Schon ein Rünzelchen entdecket?

Folget mir nach Bimini –
Dorten werdet Ihr genesen
Von den schändlichen Gebresten;
Hydropathisch ist die Kur!

Fürchtet nichts, Ihr Herrn und Damen,
Sehr solide ist mein Schiff
Aus Trochäen stark wie Eichen
Sind gezimmert Kiel und Planken.

Phantasie sitzt an dem Steuer,
Gute Laune bläht die Segel
Schiffsjung ist der Witz, der flinke,
Ob Verstand an Bord? Ich weiß nicht!

Meine Rahen sind Metaphern
Die Hyperbel ist mein Mastbaum
Schwarz rot gold ist meine Flagge,
Fabelfarben der Romantik –

Trikolore Barbarossas,
Wie ich weiland sie gesehen
Im Kyffhäuser und zu Frankfurt
In dem Dome von Sankt Paul.

In dem Meer der Märchenwelt,
In dem blauen Märchenweltmeer,
Zieht mein Schiff, mein Zauberschiff
Seine träumerischen Furchen –

Funkenstäubend, mir voran,
In dem wogenden Azur
Plätschert, tummelt sich ein Heer
Von großkopfigen Delphinen –

Und auf ihrem Rücken reiten
Meine Wasserpostillone,
Amoretten, die pausbäckig
Auf bizarren Muschelhörnern

Schallende Fanfaren blasen –
Aber horch! da unten klingt
Aus der Meerestiefe plötzlich
Ein Gekicher und Gelächter?

Ach, ich kenne diese Laute,
Diese süßmokanten Stimmen –
Das sind schnippische Undinen
Nixen, welche skeptisch spötteln

Über mich, mein Narrenschiff,
Meine Narrenpassagiere,
Über meine Narrenfahrt,
Nach der Insel Bimini.

⟨*II*⟩

Einsam auf dem Strand von Kuba
Vor dem stillen Wasserspiegel,
Steht ein Mensch und er betrachtet
In der Flut sein Konterfei.

Dieser Mensch ist alt, doch spanisch
Kerzensteif ist seine Haltung.
Halb seemännisch, halb soldatisch
Ist sein wunderlicher Anzug.

Weite Fischerhosen bauschen
Unter einem Rock von gelber
Elendshaut; von reichgesticktem
Goldstoff ist das Bandelier.

Daran hängt die obligate
Lange Klinge von Toledo,
Und vom grauen Filzhut wehen
Blutrot keck die Hahnenfedern.

Sie beschatten melancholisch
Ein verwittert Greisenantlitz
Welches Zeit und Zeitgenossen
Übel zugerichtet haben.

Mit den Runzeln die das Alter
Und Strapazen eingegraben
Kreuzen sich fatale Narben
Schlechtgeflickter Säbelhiebe.

Eben nicht mit sonderlichem
Wohlgefallen scheint der Greis
In dem Wasser zu betrachten
Sein bekümmert Spiegelbildnis.

Wie abwehrend streckt er manchmal
Seine beiden Hände aus,
Schüttelt dann das Haupt, und seufzend
Spricht er endlich zu sich selber:

Ist das Juan Ponce de Leon,
Der als Page an dem Hofe
Von Don Gomez trug die stolze
Schleppe der Alkadentochter?

Schlank und luftig war der Fant,
Und die goldnen Locken spielten
Um das Haupt das voll von Leichtsinn
Und von rosigen Gedanken.

Alle Damen von Sevilla
Kannten seines Pferdes Hufschlag
Und sie flogen rasch ans Fenster
Wenn er durch die Straßen ritt.

Rief der Reiter seinen Hunden,
Mit der Zung am Gaumen schnalzend,
Dann durchdrang der Laut die Herzen
Hocherrötend schöner Frauen.

Ist das Juan Ponce de Leon
Der ein Schreck der Mohren war
Und als wären's Distelköpfe
Niederhieb die Turbanhäupter?

Auf dem Blachfeld vor Granada
Und im Angesicht des ganzen
Christenheers hat Don Gonzalvo
Mir den Ritterschlag erteilet.

An dem Abend jenes Tages,
In dem Zelte der Infantin
Tanzte ich, beim Klang der Geigen
Mit des Hofes schönen Damen.

Aber weder Klang der Geigen
Noch Gekose schöner Damen
Habe ich gehört am Abend
Jenes Tages –Wie ein Füllen

Stampfte ich des Zeltes Boden
Und vernahm nur das Geklirre
Nur das liebliche Geklirre
Meiner ersten goldnen Sporen.

Mit den Jahren kam der Ernst
Und der Ehrgeiz und ich folgte
Dem Columbus auf der zweiten
Großen Weltentdeckungsreise.

Treusam blieb ich ihm ergeben
Diesem andern großen Christoph
Der das Licht des Heils getragen
Zu den Heiden durch das Wasser.

Ich vergesse nicht die Milde
Seines Blickes. Schweigsam litt er
Klagte nur des Nachts den Sternen
Und den Wellen seine Leiden.

Als der Admiral zurückging
Nach Hispanien, nahm ich Dienste
Bei Ojeda und ich schiffte
Mit ihm aus auf Abenteuer.

Don Ojeda war ein Ritter
Von der Fußzeh bis zur Scheitel,
Keinen bessern zeigte weiland
König Arthus' Tafelrunde.

Fechten, fechten war die Wollust
Seiner Seele. Heiter lachend
Focht er gegen wilde Rotten
Die ihn zahllos oft umzingelt.

Als ihn traf ein giftger Wurfspieß
Nahm er stracks ein glühend rotes
Eisen, brannte damit aus
Seine Wunde, heiter lachend.

Einst bis an die Hüfte watend
Durch Moräste, deren Ausgang
Unbekannt, aufs Gratewohl
Ohne Speise, ohne Wasser

Hatten wir schon dreißig Tage
Uns dahingeschleppt, von hundert
Zwanzig Mann, schon achtzig
Waren auf dem Marsch verschmachtet –

Und der Sumpf ward immer tiefer
Und wir jammerten verzweifelnd –
Doch Ojeda sprach uns Mut ein,
Unverzagt und heiter lachend.

Später ward ich Waffenbruder
Des Bilbao – dieser Held,
Der so mutig wie Ojeda
War kriegskundger in Entwürfen.

Alle Adler des Gedankens
Nisteten in seinem Haupte,
Und in seinem Herzen herrlich
Strahlte Großmut wie die Sonne.

Ihm verdankt die Krone Spaniens
Hundert Königtümer, größer
Als Europa und viel reicher
Als Venezia und Flandern.

Zur Belohnung für die hundert
Königtümer die viel größer
Als Europa und viel reicher
Als Venezia und Flandern –

Gab man ihm ein hänfen Halsband,
Einen Strick; gleich einem Sünder
Ward Bilbao auf dem Marktplatz
Sankt Sebastiens gehenkt.

Kein so ritterlicher Degen,
Auch von gringerm Heldensinn,
Doch ein Feldherr sondergleichen
War der Cortez, Don Fernando.

In der winzigen Armada
Welche Mexiko erobert
Nahm ich Dienste – die Strapazen
Fehlten nicht bei diesem Feldzug.

Dort gewann ich sehr viel Gold
Aber auch das gelbe Fieber –
Ach! ein gutes Stück Gesundheit
Ließ ich bei den Mexikanern.

Mit dem Golde hab ich Schiffe
Ausgerüstet. Meinem eignen
Stern vertrauend hab ich endlich
Hier entdeckt die Insel Kuba

Die ich jetzo guberniere
Für Juana von Kastilien
Und Fernand von Aragon
Die mir allerhöchst gewogen.

Habe nun erlangt wonach
Stets die Menschen gierig laufen:
Fürstengunst und Ruhm und Würden,
Auch den Calatrava-Orden.

Bin Statthalter, ich besitze
Wohl an hunderttausend Pesos,
Gold in Barren, Edelsteine
Säcke voll der schönsten Perlen –

Ach beim Anblick dieser Perlen
Werd ich traurig, denn ich denke
Besser wärs ich hätte Zähne,
Zähne wie in meiner Jugend –

Jugendzähne! mit den Zähnen
Ging verloren auch die Jugend –
Denk ich dran, schmachvoll ohnmächtig
Knirsch ich mit den morschen Stummeln.

Jugendzähne, nebst der Jugend,
Könnt ich euch zurück erkaufen,
Gerne gäbe ich dafür
Alle meine Perlensäcke.

Alle meine Edelsteine,
All mein Gold, an hunderttausend
Pesos wert und obendrein
Meinen Calatrava-Orden –

Nehmt mir Reichtum, Ruhm und Würden,
Nennt mich nicht mehr Exzellenze,
Nennt mich lieber junger Maulaff
Junger Gimpel, Bengel Rotznas!

Hochgebenedeite Jungfrau
Hab Erbarmen mit dem Toren
Der sich schamhaft heimlich abzehrt
Und verbirgt sein eitles Elend.

Jungfrau! dir allein enthüll ich
Mein Gemüte, dir gestehend
Was ich nimmermehr gestünde
Einem Heilgen in dem Himmel –

Diese Heilgen sind ja Männer,
Und, Caracho! auch im Himmel
Soll kein Mann mitleidig lächeln
Über Juan Ponce de Leon.

Du, o Jungfrau, bist ein Weib,
Und obgleich unwandelbar
Deine unbefleckte Schönheit,
Weiblich klugen Sinnes fühlst du

Was er leidet, der vergänglich
Arme Mensch wenn seines Leibes
Edle Kraft und Herrlichkeit
Dorrt und hinwelkt bis zum Zerrbild!

Ach, viel glücklicher als wir
Sind die Bäume, die gleichzeitig
Einer und derselbe Herbstwind
Ihres Blätterschmucks entkleidet –

Alle stehen kahl im Winter,
Und da gibts kein junges Bäumchen
Dessen grünes Laub verhöhnte
Die verwelkten Waldgenossen.

Ach! bei uns den Menschen, lebt
Jeder seine eigne Jahrzeit;
Während bei dem einen Winter
Ist es Frühling bei dem andern –

Und der Greis fühlt doppelt schmerzlich
Seine Ohnmacht bei dem Anblick
Jugendlicher Überkräfte –
Hochgebenedeite Jungfrau!

Rüttle ab von meinen Gliedern
Dieses winterliche Alter,
Das mit Schnee bedeckt mein Haupt
Und mein Blut gefrieren macht –

Sag der Sonne, daß sie wieder
Glut in meine Adern gieße
Sag dem Lenze daß er wecke
In der Brust die Nachtigallen –

Ihre Rosen gib sie wieder
Meinen Wangen, gib das Goldhaar
Wieder meinem Haupt, o Jungfrau –
Gib mir meine Jugend wieder.

Als Don Juan Ponce de Leon
Vor sich hinsprach solcherlei
Plötzlich in die beiden Hände
Drückte er sein Antlitz schmerzhaft

Und er schluchzte und er weinte
So gewaltig und so stürmisch
Daß die hellen Tränengüsse
Troffen durch die magern Finger.

⟨III⟩

Auf dem Festland bleibt der Ritter
Treu den alten Seemannsbräuchen
Und wie einst auf seinem Schiffe
Schläft er nachts in einem Hamak.

Auch die Wellenschlagbewegung
Die so oft ihn eingeschläfert
Will der Ritter nicht entbehren
Und er läßt den Hamak schaukeln.

Dies Geschäft verrichtet Janka,
Alte Indianerin,
Die vom Ritter die Moskitos
Abwehrt mit dem Pfauenwedel.

Während sie die luftge Wiege
Mit dem greisen Kinde schaukelt
Lullt sie eine märchenhafte
Alte Weise ihrer Heimat.

Liegt ein Zauber in dem Singsang?
Oder in des Weibes Stimme,
Die so flötend wie Gezwitscher
Eines Zeisigs und sie singt.

Kleiner Vogel Kolibri
Führe uns nach Bimini;
Fliege du voran wir folgen
In bewimpelten Pirogen.

Kleines Fischchen Brididi
Führe uns nach Bimini;
Schwimme du voran wir folgen
Rudernd mit bekränzten Stangen.

Auf der Insel Bimini
Blüht die ewge Frühlingswonne
Und die goldnen Lerchen jauchzen
Im Azur ihr Tirili.

Schlanke Blumen überwuchern
Wie Savannen dort den Boden,
Leidenschaftlich sind die Düfte
Und die Farben üppig brennend.

Große Palmenbäume ragen
Draus hervor, mit ihren Fächern
Wehen sie den Blumen unten
Schattenküsse, holde Kühle.

Auf der Insel Bimini
Quillt die allerliebste Quelle
Aus dem teuren Wunderborn
Fließt das Wasser der Verjüngung.

So man eine welke Blume
Netzet mit etwelchen Tropfen
Dieses Wassers, blüht sie auf
Und sie prangt in frischer Schöne.

So man ein verdorrtes Reis
Netzet mit etwelchen Tropfen
Dieses Wassers, treibt es wieder
Neue Knospen, lieblich grünend.

Trinkt ein Greis von jenem Wasser
Wird er wieder jung; das Alter
Wirft er von sich wie ein Käfer
Abstreift seine Raupenhülle.

Mancher Graukopf der zum blonden
Jüngling sich getrunken hatte
Schämte sich zurückzukehren
Als Gelbschnabel in die Heimat –

Manches Mütterchen insgleichen
Die sich wieder jung geschlückert
Wollte nicht nach Hause gehen
Als ein junges Ding von Dirnlein –

Und die guten Leutchen blieben
Immerdar in Bimini;
Glück und Lenz hielt sie gefesselt
In dem ewgen Jugendlande.

Nach dem ewgen Jugendlande
Nach dem Eiland Bimini
Geht mein Sehnen und Verlangen;
Lebet wohl, Ihr lieben Freunde!

Alte Katze Mimili
Alter Haushahn Kikriki
Lebet wohl, wir kehren nie,
Nie zurück von Bimini.

Also sang das Weib. Der Ritter
Horcht dem Liede schlummertrunken;
Manchmal nur, als wie im Traume
Lallt er kindisch: Bimini.

IV

Heiter überstrahlt die Sonne
Golf und Strand der Insel Kuba;
In dem blauen Himmel hängen
Heute lauter Violinen.

Rotgeküßt vom kecken Lenze,
In dem Mieder von Smaragden,
Bunt geputzt, wie eine Braut
Blüht und glüht die schöne Insel.

Auf dem Strande farbenschillernd
Wimmelt Volk von jedem Stande,
Jedem Alter, doch die Herzen
Pochen wie vom selben Pulsschlag.

Denn derselbe Trostgedanke
Hat sie alle gleich ergriffen
Gleichbeseligt – Er bekundet
Sich im stillen Freudezittern

Einer alten Beguine,
Die sich an den Krücken hinschleppt
Und den Rosenkranz abkugelnd
Ihre Paternoster murmelt –

Es bekundet sich derselbe
Trostgedanken in dem Lächeln
Der Signora, die auf güldnem
Palankin getragen wird

Und im Munde eine Blume
Kokettiert mit dem Hidalgo,
Der die Schnurrbartzipfel kräuselnd,
Fröhlich ihr zur Seite wandelt –

Wie auf dem Gesicht der steifen
Soldateske, zeigt die Freude
Sich im klerikalen Antlitz,
Das sich menschlich heut entrunzelt –

Wie vergnügt der dünne Schwarzrock
Sich die Hände reibt! Wie fröhlich!
Wie der feiste Kapuziner
Streichelt froh sein Doppelkinn!

Selbst der Bischof der gewöhnlich
Griesgram aussieht, wenn er Messe
Lesen soll, weil dann sein Frühstück
Eingen Aufschub leiden muß –

Selbst der Bischof schmunzelt freudig,
Freudig glänzen die Karbunkeln
Seiner Nase und im Festschmuck
Wackelt er einher vergnüglich

Unterm Purpurbaldachin,
Eingeräuchert von Chorknaben,
Und gefolgt von Klerizis
Die mit Goldbrokat bedeckt sind

Und goldgelbe Sonnenschirme
Über ihre Köpfe halten,
Kolossalen Champignons
Welche wandeln schier vergleichbar.

Nach dem hohen Gottestische
Geht der Zug, nach dem Altare,
Welcher unter freiem Himmel
Hier am Meeresstrand errichtet.

Und verzieret ward mit Blumen,
Heilgenbildchen, Palmen, Bändern
Silbernem Gerät, Goldflittern,
Und Wachskerzen lustig funkelnd –

Seine Eminenz der Bischof
Hält das Hochamt hier am Meere,
Und mit Weihe und Gebet
Will er hier den Segen sprechen

Über jene kleine Flotte,
Welche auf der Reede schaukelnd
Im Begriff ist abzusegeln
Nach der Insel Bimini.

Ja die Schiffe dort sie sind es
Welche Juan Ponce de Leon
Ausgerüstet und bemannt
Um die Insel aufzusuchen

Wo das Wasser der Verjüngung
Lieblich sprudelt – von dem Ufer
Viele tausend Segenswünsche
Folgen ihm, dem Menschheitsretter

Ihm dem edlen Weltwohltäter –
Hofft doch jeder daß der Ritter
Bei der Rückkehr einst auf Kuba
Ihm ein Fläschchen Jugend mitbringt –

Mancher schlückert schon im Geiste
Solche Labung, und sie schaukeln
Sich vor Wonne, wie die Schiffe
Die dort ankern auf der Reede.

Es besteht aus fünf Fahrzeugen
Die Flottille – eine große
Karavelle, zwei Felucken
Und zwei kleine Brigantinen.

Admiralschiff ist die große
Karavelle und die Flagge
Zeigt die Wappen von Kastilien
Aragonien und Leon.

Einer Lauberhütte gleich
Ist sie ausgeschmückt mit Maien,
Blumenkränzen und Girlanden
Und mit flatternd bunten Wimpeln.

Frau Speranze heißt das Schiff
Und am Hinterteil als Puppe
Steht der Donna Konterfei
Lebensgroß skulptiert aus Eichholz

Und bemalt mit ganz vorzüglich
Wohlgefirnisten Couleuren
Welche Wind und Wetter trotzen,
Eine stattliche Figura.

Ziegelrot ist das Gesichte,
Ziegelrot ist Hals und Busen
Der aus grünem Mieder quillt;
Auch des Rockes Farb ist grün.

Grün ist auch des Hauptes Kranz
Pechschwarz ist das Haar, die Augen
Und die Brauen gleichfalls pechschwarz.
In der Hand hält sie ein Anker.

Die Armada der Flottille
Sie besteht etwa aus hundert
Achtzig Mann, darunter sind
Nur sechs Weiber und sechs Priester.

Achtzig Mann und eine Dame
Sind am Bord der Karavelle
Welche Juan Ponce de Leon
Selbst befehligt. Caca heißt

Jene Dame – ja die alte
Caca ist jetzt eine Dame
Heißt Senora Juanita
Seit der Ritter sie erhoben

Zur Großfliegenwedelmeistrin,
Oberhamakschaukeldame,
Und Mundschenkin künftger Jugend
Auf der Insel Bimini.

Als Symbol des Amtes hält sie
In der Hand ein Goldpokal,
Trägt auch eine hochgeschürzte
Tunika wie eine Hebe.

Kostbarliche Brüssler Kanten,
Perlenschnüre, viele Dutzend
Decken spöttisch die verwelkten
Braunen Reize der Senora.

Rokoko-anthropophagisch
Karaibisch Pompadour
Hebet sich der Haarwulstkopfputz,
Der gespickt ist mit unzählgen

Vögelein, die groß wie Käfer,
Durch des prächtigen Gefieders
Farbenschmelz wie Blumen aussehn
Die formiert aus Edelsteinen.

Diese närrische Frisur
Von Gevögel paßt vortrefflich
Zu der Kaka wunderliches
Papagoienvogelantlitz.

Seitenstück zu dieser Fratze
Bildet Juan Ponce de Leon,
Welcher zuversichtlich glaubend
An die baldige Verjüngung

Sich im voraus schon geworfen
Ins Kostüm der lieben Jugend
Und sich bunt herausgeputzt
In der Geckentracht der Mode:

Schnabelschuhn mit Silberglöcklein
Wie'n Gelbschnabel und geschlitzte
Hosen wo das rechte Bein
Rosafarben während grün

Grüngestreift das linke Bein –
Wohlgepuffte Atlasjacke
Kurzer Mantel, keck geachselt –
Ein Barett mit drei Straußfedern –

Also ausstaffiert, in Händen
Eine Laute haltend, tänzelt
Auf und ab der Admiral
Und erteilt die Schiffsbefehle:

Er befiehlt daß man die Anker
Lichten soll, im Augenblicke,
Wo des Hochamts Ende melden
Von dem Strande die Signale.

Er befiehlt, daß bei der Abfahrt
Die Kanonen aller Schiffe
Mit drei Dutzend Ehrenschüssen
Kuba salutieren sollten –

Er befiehlt – und lacht und dreht sich
Auf dem Absatz wie ein Kreisel –
Bis zur Trunkenheit berauscht ihn
Süßer Hoffnung toller Traumtrank –

Und er kneift die armen Saiten
Seiner Laute daß sie wimmern
Und mit altgebrochner Stimme
Meckert er die Singsangworte

Kleiner Vogel Kolibri,
Kleines Fischchen Brididi,
Fliegt und schwimmt voraus und zeiget
Uns den Weg nach Bimini.

⟨V⟩

Juan Ponce de Leon wahrlich
War kein Tor, kein Faselante
Als er unternahm die Irrfahrt
Nach der Insel Bimini.

Ob der Existenz der Insel
Hegt er niemals einen Zweifel –
Seiner alten Kaka Singsang
War ihm Bürgschaft und Gewähr.

Mehr als andre Menschenkinder
Wundergläubig ist der Seemann;
Hat er doch vor Augen stets
Flammendgroß die Himmelswunder

Während ihn umrauscht beständig
Die geheimnisvolle Meerflut,
Deren Schoß entstiegen weiland
Donna Venus Aphrodite.

In den folgenden Trochäen
Werden wir getreu berichten,
Wie der Ritter viel Strapazen
Ungemach und Drangsal ausstand –

Ach anstatt von altem Siechtum
Zu genesen ward der Ärmste
Heimgesucht von vielen neuen
Leibesübeln und Gebresten –

Während er die Jugend suchte
Ward er täglich noch viel älter
Und verrunzelt, abgemergelt
Kam er endlich in das Land

In das stille Land wo schaurig
Unter schattigen Zypressen
Fließt ein Flüßlein dessen Wasser
Gleichfalls wundertätig heilsam –

Lethe heißt das gute Wasser!
Trink daraus und du vergißt
All dein Leiden – ja vergessen
Wirst du was du je gelitten –

Gutes Wasser! gutes Land!
Wer dort angelangt, verläßt es
Nimmermehr – denn dieses Land
Ist das wahre Bimini.

NACHLESE ZU ›BIMINI‹

Bei dem Tempelsturm von Quito
Lopez Vacca stahl die Sonne,
Die zwölf Zentner Goldes wog;
Doch dieselbe Nacht verlor er

Sie im Würfelspiele wieder,
Und im Volke blieb das Sprichwort:
Das ist Lopez, der die Sonne
Hat verspielt vor Sonnenaufgang.

Hei! das waren große Spieler,
Große Diebe, Meuchelmörder,
(Ganz vollkommen ist kein Mensch.)
Doch sie taten Wundertaten,

In der Zeit des Wunderglaubens
Taten auch die Menschen Wunder;
Wer Unmögliches geglaubt,
Konnt Unmögliches verrichten.

Nur der Tor war damals Zweifler,
Die verständgen Leute glaubten;
Vor den Tageswundern beugte
Gläubig tief sein Haupt der Weise.

Seltsam! Aus des Wunderglaubens
Wunderzeit klingt mir im Sinne
Heut beständig die Geschichte
Von Don Juan Ponce de Leon

Der in fabelhafter Irrfahrt
Jahrelang in allen Meeren
Aufgesucht die teure Insel
Seiner Sehnsucht: Bimini!

Bimini bei deines Namens
Holdem Klang in meiner Brust
Bebt das Herz und die verstorbnen
Jugendträume sie erwachen –

Welke Kränze auf den Häuptern
Schauen sie mich an wehmütig –
Ihr seid tot und ich bin tot –
Ward vergiftet – böses Fieber!

Und ich schaudre wild zusammen
Und ich schüttle mich vor Zorn
Also heftig daß die Nähte
Meiner Narrenjacke platzen –

Doch am Ende muß ich lachen,
Denn mich dünket Papageien
Kreischten drollig und zugleich
Melancholisch: Bimini!

Muse, edle Nekromantin,
Durch die Hexerei der Dichtkunst,
Schaffe mir ein Zauberschiff
Das mich bringt nach Bimini

Dichterwünschen folgt Erfüllung
Und vom Werfte des Gedankens
Wird zu mir herabbugsiert
Pfeilschnell das begehrte Schiff.

NACHLESE ZUM ›BUCH DER LIEDER‹

ZEITGENÖSSISCH GEDRUCKTE GEDICHTE

ZU ›JUNGE LEIDEN‹

Bamberg und Würzburg

In beider Weichbild fließt der Gnaden Quelle,
Und tausend Wunder täglich dort geschehen.
Umlagert sieht man dort von Kranken stehen
Den Fürsten, der da heilet auf der Stelle.

Er spricht: »Steht auf und geht!« und flink und schnelle
Sieht man die Lahmen selbst von hinnen gehen;
Er spricht: »Schaut auf und sehet!« und es sehen
Sogar die Blindgebornen klar und helle.

Ein Jüngling naht, von Wassersucht getrieben,
Und fleht: »Hilf, Wundertäter, meinem Leibe!«
Und segnend spricht der Fürst: »Geh hin und schreibe.«

In Bamberg und in Würzburg machts Spektakel,
Die Handlung Göbhardts rufet laut »Mirakel!« –
Neun Dramen hat der Jüngling schon geschrieben.

ZU ›LYRISCHES INTERMEZZO‹

Sohn der Torheit! träume immer
Wenn dirs Herz im Busen schwillt;
Doch im Leben suche nimmer
Deines Traumes Ebenbild!

Einst stand ich in schönern Tagen
Auf dem höchsten Berg am Rhein;
Deutschlands Gauen vor mir lagen
Blühend hell im Sonnenschein.

Unten murmelten die Wogen
Milde Zaubermelodein,
Süße Ahndungsschauer zogen
Schmeichlend in mein Herz hinein.

Lausch ich jetzt im Sang der Wogen,
Klingt viel andre Melodei:
Schöner Traum ist längst verflogen,
Schöner Wahn brach längst entzwei.

Schau ich jetzt von meinem Berge
In das deutsche Land hinab:
Seh ich nur ein Völklein Zwerge
Kriechend auf der Riesen Grab.

Muttersöhnchen gehn in Seide,
Nennen sich des Volkes Kern,
Schurken tragen Ehrgeschmeide,
Söldner brüsten sich als Herrn.

Nur ein Spottbild auf die Ahnen
Ist das Volk im deutschen Kleid:
Und die alten Röcke mahnen
Schmerzlich an die alte Zeit:

Wo die Sitte und die Tugend
Prunklos gingen Hand in Hand;
Wo mit Ehrfurchtscheu die Jugend
Vor dem Greisenalter stand;

Wo kein Jüngling seinem Mädchen
Modeseufzer vorgelügt;
Wo kein witziges Despötchen
Meineid in System gefügt;

Wo ein Handschlag mehr als Eide,
Und Notarienakte war;
Wo ein Mann im Eisenkleide,
Und ein Herz im Manne war. –

Unsre Gartenbeete hegen
Tausend Blumen wunderfein,
Schwelgend in des Bodens Segen
Lind umspielt von Sonnenschein.

Doch die allerschönste Blume
Blüht in unsern Gärten nie,
Sie die einst im Altertume
Selbst auf felsger Höh gedieh;

Die auf kalter Bergesveste
Männer mit der Eisenhand
Pflegten als der Blumen beste, –
Gastlichkeit wird sie genannt.

Müder Wandrer steige nimmer
Nach der hohen Burg hinan,
Statt der gastlich warmen Zimmer
Kalte Wände dich empfahn.

Von dem Wartturm bläst kein Wächter,
Keine Fallbrück rollt herab;
Denn der Burgherr und der Wächter
Schlummern längst im kühlen Grab.

In den dunkeln Särgen ruhen
Auch die Frauen minnehold;
Wahrlich hegen solche Truhen
Reichern Schatz denn Perl und Gold.

Heimlich schauern da die Lüfte
Wie von Minnesängerhauch;
Denn in diese heilgen Grüfte
Stieg die fromme Minne auch.

Zwar auch unsre Damen preis ich,
Denn sie blühen wie der Mai;
Lieben auch und üben fleißig
Tanzen, Sticken, Malerei;

Singen auch, mit süßen Reimen
Von der alten Lieb und Treu;
Freilich zweiflend im geheimen:
Ob das Märchen möglich sei?

Unsre Mütter einst erkannten,
Sinnig wie die Einfalt pflegt,
Daß den schönsten der Demanten
Nur der Mensch im Busen trägt.

Ganz nicht aus der Art geschlagen
Sind die klugen Töchterlein,
Denn die Fraun in unsern Tagen
Lieben auch die Edelstein.

Fort, ihr Bilder schönrer Tage!
Weicht zurück in eure Nacht!
Weckt nicht mehr die eitle Klage
Um die Zeit, die uns versagt!

Aucassin und Nicolette, oder: die Liebe aus der guten alten Zeit

(An J. F. Koreff)

Hast einen bunten Teppich ausgebreitet,
Worauf gestickt sind leuchtende Figuren.
Es ist der Kampf feindseliger Naturen,
Der halbe Mond, der mit dem Kreuze streitet.

Trompetentusch! Die Schlacht wird vorbereitet;
Im Kerker schmachten, die sich Treue schwuren;
Schalmeien klingen auf Provencer Fluren;
Auf dem Bazar Karthagos Sultan schreitet.

Freundlich ergötzt die bunte Herrlichkeit:
Wir irren, wie in märchenhafter Wildnis,
Bis Lieb und Licht besiegen Haß und Nacht.

Du, Meister, kanntest der Kontraste Macht,
Und gabst in schlechter, neuer Zeit das Bildnis,
Von Liebe aus der alten, guten Zeit!

Ich dacht an sie den ganzen Tag,
Und dacht an sie die halbe Nacht.
Und als ich fest im Schlafe lag,
Hat mich ein Traum zu ihr gebracht.

Sie blüht wie eine junge Ros,
Und sitzt so ruhig, still beglückt.
Ein Rahmen ruht auf ihrem Schoß,
Worauf sie weiße Lämmchen stickt.

Sie schaut so sanft, begreift es nicht,
Warum ich traurig vor ihr steh.
»Was ist so blaß dein Angesicht,
Heinrich, sag mirs, wo tuts dir weh?«

Sie schaut so sanft, und staunt, daß ich
Still weinend ihr ins Auge seh.
»Was weinest du so bitterlich,
Heinrich, sag mirs, wer tut dir weh?«

Sie schaut mich an mit milder Ruh,
Ich aber fast vor Schmerz vergeh.
»Wer weh mir tat, mein Lieb, bist du,
Und in der Brust da sitzt das Weh.«

Da steht sie auf, und legt die Hand
Mir auf die Brust ganz feierlich;
Und plötzlich all meine Weh verschwand,
Und heitern Sinns erwachte ich.

Es schauen die Blumen alle
Zur leuchtenden Sonne hinauf;
Es nehmen die Ströme alle
Zum leuchtenden Meere den Lauf.

Es flattern die Lieder alle
Zu meinem leuchtenden Lieb;
Nehmt mit meine Tränen und Seufzer,
Ihr Lieder wehmütig und trüb!

Zueignung

An Salomon Heine

Meine Qual und meine Klagen
Hab ich in dies Buch gegossen,
Und wenn du es aufgeschlagen,
Hat sich dir mein Herz erschlossen.

ZU ›DIE HEIMKEHR‹

Du Lilie meiner Liebe,
Du stehst so träumend am Bach,
Und schaust hinein so trübe,
Und flüsterst Weh und Ach!

Geh fort mit deinem Gekose!
Ich weiß es, du falscher Mann,
Daß meine Cousine, die Rose,
Dein falsches Herz gewann.

Burleskes Sonett

Wie nähm die Armut bald bei mir ein Ende,
Wüßt ich den Pinsel kunstgerecht zu führen
Und hübsch mit bunten Bildern zu verzieren
Die Kirchen und der Schlösser stolze Wände.

Wie flösse bald mir zu des Goldes Spende,
Wüßt ich auf Flöten, Geigen und Klavieren
So rührend und so fein zu musizieren,
Daß Herrn und Damen klatschten in die Hände.

Doch ach! mir Armen lächelt Mammon nie:
Denn leider, leider trieb ich dich alleine,
Brotloseste der Künste, Poesie!

Und ach! wenn andre sich mit vollen Humpen
Zum Gotte trinken in Champagnerweine,
Dann muß ich dürsten oder ich muß – pumpen.

Die Wälder und Felder grünen,
Es trillert die Lerch in der Luft,
Der Frühling ist erschienen
Mit Lichtern und Farben und Duft.

Der Lerchengesang erweicht mir
Das winterlich starre Gemüt,
Und aus dem Herzen steigt mir
Ein trauriges Klagelied.

Die Lerche trillert gar feine:
Was singst du so trüb und bang?
Das ist ein Liedchen, o Kleine,
Das sing ich schon jahrelang.

Das sing ich im grünen Haine,
Das Herz von Gram beschwert;
Schon deine Großmutter, o Kleine,
Hat dieses Liedchen gehört.

Lieben und Hassen, Hassen und Lieben,
Ist alles über mich hingegangen;
Doch blieb von allem nichts an mir hangen,
Ich bin der allerselbe geblieben.

Daß ich dich liebe, o Möpschen,
Das ist dir wohlbekannt.
Wenn ich mit Zucker dich füttre,
So leckst du mir die Hand.

Du willst auch nur ein Hund sein,
Und willst nicht scheinen mehr;
All meine übrigen Freunde
Verstellen sich zu sehr.

Tag und Nacht hab ich gedichtet
Und hab doch nichts ausgerichtet;
Bin in Harmonien geschwommen
Und bin doch zu nichts gekommen.

Es faßt mich wieder der alte Mut,
Mir ist als jagt ich zu Rosse,
Und jagte wieder mit liebender Glut,
Nach meiner Liebsten Schlosse.

Es faßt mich wieder der alte Mut,
Mir ist als jagt ich zu Rosse,
Und jagte zum Streite, mit hassender Wut,
Schon harret der Kampfgenosse.

Ich jage geschwind wie der Wirbelwind,
Die Wälder und Felder fliegen!
Mein Kampfgenoß und mein schönes Kind,
Sie müssen beide erliegen.

Erinnerung

(Übersetzt aus dem Englischen.
Sentimental Magazine Vol.35)

Was willst du traurig liebes Traumgebilde?
Ich sehe dich, ich fühle deinen Hauch!
Du schaust mich an mit wehmutvoller Milde;
Ich kenne dich, und ach! du kennst mich auch.

Ich bin ein kranker Jüngling jetzt, die Glieder
Sind lebensmatt, das Herz ist ausgebrannt,
Mißmut umflort mich, Kummer drückt mich nieder,
Viel anders wars, als ich dich einstens fand!

In stolzer Kraft, und von der Heimat ferne,
Ich jagte da nach einem alten Wahn;
Die Erd wollt ich zerstampfen, und die Sterne
Wollt ich entreißen ihrer Himmelsbahn.

Frankfurt, du hegst viel Narrn und Bösewichter,
Doch lieb ich dich, du gabst dem deutschen Land
Manch guten Kaiser und den besten Dichter,
Und bist die Stadt, wo ich die Holde fand.

Ich ging die Zeil entlang, die schöngebaute,
Es war die Messe just, die Schacherzeit,
Und bunt war das Gewimmel, und ich schaute
Wie träumend auf des Volks Geschäftigkeit.

Da sah ich Sie! Mit heimlich-süßem Staunen
Erblickt ich da die schwebende Gestalt,
Die selgen Augen und die sanften Braunen –
Es zog mich hin mit seltsamer Gewalt.

Und über Markt und Straßen gings, und weiter
Bis an ein Gäßchen schmal und traulich-klein –
Da dreht sich um die Holde, lächelt heiter,
Und schlüpft ins Haus – ich eile hinterdrein.

Die Muhme nur war schlecht, und ihrem Geize
Sie opferte des Mädchens Blüten hin;
Das Kind ergab mir willig seine Reize,
Jedoch, bei Gott! es dacht nicht an Gewinn.

Bei Gott! auf andre Weiber noch als Musen
Versteh ich mich, mich täuscht kein glatt Gesicht,
So, weiß ich, klopft kein einstudierter Busen,
Und solche Blicke hat die Lüge nicht.

Und sie war schön! So hold ist nicht gewesen
Die Göttin, als sie stieg aus Wellenschaum.
Vielleicht war sie das wunderschöne Wesen,
Das ich geahnt im frühen Knabentraum.

Ich hab es nicht erkannt! Es war umnachtet
Mein Sinn, und fremder Zauber mich umwand.
Vielleicht das Glück, wonach ich stets geschmachtet,
Ich hielts im Arm, – und hab es nicht erkannt!

Doch schöner war sie noch in ihren Schmerzen,
Als nach drei Tagen, die ich wundersüß
Verträumt an ihrem wundersüßen Herzen,
Der alte Wahn mich weiter eilen hieß;

Als sie, mit wildverzweifelnder Gebärde
Und aufgelöstem Haar, die Hände rang,
Und endlich niederstürzte auf die Erde,
Und lautaufweinend meine Knie umschlang!

Ach Gott! es hatte sich in meinen Sporen
Ihr Haar verwickelt – bluten sah ich sie –
Und doch riß ich mich los – und hab verloren
Mein armes Kind, und wieder sah ichs nie! –

Fort ist der alte Wahn, jedoch das Bildnis
Des armen Kinds umschwebt mich, wo ich bin.
Wo irrst du jetzt, in welcher kalten Wildnis?
Dem Elend und dem Gram gab ich dich hin!

Wenn junge Herzen brechen
So lachen drob die Sterne
Sie lachen und sie sprechen
Herab aus der blauen Ferne:

Die armen Menschen lieben
Sich zwar mit vollen Seelen
Und müssen sich doch betrüben,
Und gar zu Tode quälen.

Wir haben nie empfunden
Die Liebe die so verderblich
Den armen Menschen drunten;
Drum sind wir auch unsterblich.

Etwas für den hinkenden Vetter

Augen, die nicht ferne blicken
Und auch nicht zur Liebe taugen,
Aber ganz entsetzlich drücken,
Sind des Vetters Hühneraugen.

ZEITGENÖSSISCH NICHT GEDRUCKTE GEDICHTE

Deutschland

Deutschlands Ruhm will ich besingen.
Höret meinen schönsten Sang!
Höher will mein Geist sich schwingen,
Mich durchbebet Wonnedrang.

Vor mir liegt das Buch der Zeiten;
Was auf Erden hier geschehn;
Wie das Gut und Böse streiten,
Alles meine Blicke sehn.

Kam aus fernem Frankenlande
Einst die Hölle schlau, gewandt,
Brachte Schmach und schnöde Schande
In dem frommen, deutschen Land.

Und die Tugend und den Glauben
Und die Himmelsseligkeit –
Alles Gute sie uns rauben,
Gaben Sünde uns und Leid.

Deutsche Sonne wurde düster,
Will nicht leuchten deutscher Schand,
Und ein dumpfes Traurgeflüster
Sich durch deutsche Eichen wand.

Und die Sonne wurde lichter,
Und die Eiche rauschet Freud.

Kommen sind die Racherichter,
Wollen sühnen Schmach und Leid.

Und des Trugs Altäre wanken,
Stürzen ein im grausen Schlund.
Alle deutschen Herzen danken;
Frei ist deutscher, heilger Grund.

Siehst dus lodern hoch vom Berge?
Sag, was deut' die Flamme wild?
's deut' dies Feuer auf dem Berge,
Deutschlands reines, starkes Bild.

Aus der Sündennacht enttauchet
Stehet Deutschland unversehrt;
Noch die dumpfe Stelle rauchet,
Wo die schönre Form entgärt.

Aus dem Stamm der alten Eichen
Sprossen Blüten, herrlich, schön,
Und die fremden Blumen weichen;
Traulich grüßt das alte Wehn.

Alles Schöne kommet wieder,
Alles Gute kehrt zurück,
Und der Deutsche, fromm und bieder,
Froh genießt sein deutsches Glück.

Alte Sitte, alte Tugend,
Und der alte Heldenmut.
Schwerter schwinget Deutschlands Jugend;
Hermanns Enkel scheut kein Blut.

Helden zeugen keine Tauben,
Löwen gleich ist Hermanns Art;
Doch der Liebe schöner Glauben
Sei mit Stärke mild gepaart.

Eignes Leid dem Deutschen lehrte
Christus' sanftes Wort verstehn;
's zeugt nur Brüder deutsche Erde,
Nur die Menschlichkeit ist schön.

Auch die alte fromme Minne
Kehrt zurück, die Sängerlust,
Zierest herrlich, fromme Minne,
Deutschen Mannes Heldenbrust.

Er ist zogen aus im Kriege
In die heiße Frankenschlacht;
Um zu rächen Meineidslüge
Blutig mit gewaltger Macht.

Und daheim die Frauen regen
Liebevoll die sanfte Hand,
Und der heilgen Wunden pflegen,
Die geblut' fürs Vaterland.

Festlich in dem schwarzen Kleide
Glänzt das schöne deutsche Weib
Und mit Blumen und Geschmeide,
Demantgürtel schmückt den Leib.

Doch noch herrlicher geschmücket
Mit Gefallen ich sie schau,
Wenn am Krankenbett gebücket
Sorgend schafft die deutsche Frau.

Himmels Engeln wohl sie gleichet,
Wenn sie letzten Labetrank
Dem verwundten Krieger reichet;
Sterbend noch er lächelt Dank.

Mutig sich ein Grab erwerben
In der Feldschlacht – das ist süß;
Doch in Frauenarmen sterben,
Das ist Gottes Paradies.

Arme, arme Frankensöhne,
Euch war nicht das Schicksal hold;
An der Seine Strand die Schöne
Buhlet nur nach feilem Gold.

Deutsche Frauen, deutsche Frauen!
Welch ein Zauber birgt dies Wort!
Deutsche Frauen, deutsche Frauen,
Blühet lange, blühet fort!

Deutschlands Töchter wie Luise,
Deutschlands Söhne Friedrich gleich.
Hör im Grabe mich Luise!
Herrlich blüh das deutsche Reich!

Wünnebergiade,
ein Heldengedicht in 2 Gesängen

1ster Gesang

Holde Muse gib mir Kunde
Wie einst hergeschoben kommen,
Jenes kugelrunde Schweinchen,
Das da Wünneberg geheißen.

Auf den Iserlohner Triften
Ward mein Schweinchen einst geworfen,
Allda stehet noch das Tröglein,
Wo es weidlich sich gemästet.

Täglich in der Brüder Mitte
Burzelt es herum im Miste,
Auf den Hinterpfötchen hüpfend, –
Zernial ist Dreck dagegen.

Und die Mutter mit Gefallen
Schauet ihres Sohns Gedeihen,
Wie das feiste Wänstchen schwellet,
Wie die Ziegelbacken quellen.

Und der Vater mit Entzücken
Hört des Sohnes erstes Quirren,
Und das lieblich helle Grunzen
Dringt zum väterlichen Herzen.

Aber soll im Mist verwelken
Diese zarte Ferkenblume?
Soll der Sprößling edler Beester
Ohne Nachruhm einst verrecken?

Also sinnen nun die Eltern
Was ihr Söhnchen einst soll werden,
Und sie stritten, stritten lange,
Mit den Worten, mit den Fäusten.

»Holde Drütch!« sprach der Ehherr,
»Du mein alter Rumpelkasten!
Ja, ich kusche, ja, ich schwör es,
Ja mein Sohn soll Pfäfflein werden.

Dorthin, wo die schmucke Düssel
Schlänglend sich im Rhein ergießet,
Dorthin send ich meinen Lümmel,
Zu studieren Gottgelahrtheit.

Dorten lebt mein Freund A s t h ö v e r
Den ich einst traktiert mit K a f f e e
Und mit Brezel und mit Plätzchen, –
Schlau erwägend künftge Zeiten.

Auch der riesenmächtge Dahmen
Wandelt dort sein geistlich Leben;
Schreckhaft zittern seine Jünger,
Wenn er schwingt die Musengeißel.

Diesen Männern übergeb ich
Meinen Sohn zur strengen Leitung
Diese wähl er sich zum Vorbild,
Bis sein Bauch sich einst verkläret.«

Also sprach zur Frau der Ehherr,
Und er streichelt ihr das Pfötchen;
Aber sie umarmt ihn glühend,
Daß der Schmerbauch heftig dröhnet.

Halt die Ohren zu, o Muse!
Jetzo wird mein Schwein gescheuert,
Mit der Glut im Wasserküven;
Und es schreit und krächzt erbärmlich.

Und ein klimperklein Frisörchen
Kräuselt à l'enfant die Borsten,
Parfümiert sie mit Pomade, –
Bis nach Gersheim hats gerochen.

Und mit vielen Komplimenten
Kommt ein Schneider hergetrippelt,
Und er bracht ein altdeutsch Röcklein,
Wies Arminius getragen.

Unter solcher Vorbereitung
War die Nacht herabgesunken,
Und zur Ruhe blies der Sauhirt,
Jeder kroch ins niedre Ställchen.

2ter Gesang

Schnarchend lag der Hausknecht Tröffel,
Bis der Tag herangebrochen,
Endlich rieb er sich die Augen,
Und verließ sein weiches Lager.

Und im Hofe schon versammelt,
Findet er die Hausgenossen,
Um den jungen Herrn sich drängend,
Und sie nehmen rührend Abschied.

Sinnend steht der ernste Vater,
Als behorcht er Flöhgespräche;
Und die Mutter kniet im Miste
Betend für des Sohns Erhaltung.

Auch die Kuhmagd hörbar schluchset,
Denn es scheidet der Geliebte,
Den sie einst in Lieb befangen
Durch der dicken Waden Reize.

»Lebewohl« die Brüder grunzen,
»Lebewohl« der Kater mauet;
Und der Esel zärtlich seufzend
Seinen Jugendfreund umarmet.

Selbst die Hühner traurig gackern;
Nur der Bock der schweigt und schmunzelt,
Er verliert ein Nebenbuhler
Bei den holden Ziegenbäschen.

Traurig, in der Freunde Mitte,
Stand nun selbst mein armes Schweinchen,
Liebevoll die Äuglein glänzen,
Und es ließ das Sterzgen hängen.

Da erhub sich männlich Tröffel:
»Sagt was soll das Weiberplärren,
Selbst der edle Ochs der weinet,
Er, den ich für Mann gehalten!

Aber Tröffel kann dies ändern!«
Sprachs, und rasch im edlen Zorne,
Packte er mein Schwein beim Kragen,
Band zusammen alle Vieren,

Lud es schnell auf seinem Schubkarrn,
Und er schiebet flink und lustig,
Über Felder, über Berge,
Bis an Düsseldorfs Lyzeum.

Hast du vertrauten Umgang mit Damen,
Schweig, Freundchen, still und nenne nie Namen:
Um ihretwillen, wenn sie fein sind,
Um deinetwillen, wenn sie gemein sind.

An Fritz von Beughem!

Mein Fritz lebt nun im Vaterland der Schinken,
Im Zauberland, wo Schweinebohnen blühen,
Im dunkeln Ofen Pumpernickel glühen,
Wo Dichtergeist erlahmt, und Verse hinken.

Mein Fritz, gewohnt aus heilgem Quell zu trinken,
Soll nun zur Tränke gehn mit fetten Kühen,
Soll gar der Themis Aktenwagen ziehen, –
Ich fürchte fast er muß im Schlamm versinken.

Mein Fritz, gewohnt auf buntbeblümten Auen
Sein Flügelroß, mit leichter Hand, zu leiten,
Und sich zu schwingen hoch, wo Adler horsten;

Mein Fritz wird nun, will er sein Herz erbauen,
Auf einem dürren Prosagaul durchreuten –
Den Knüppelweg von Münster bis nach Dorsten.

Fröhliche Mahle
Berauschende Becher
Ein hochhalsiges Kamel,
Das mit sicherm Tritt den Liebetrunknen
Schaukelnd trägt durchs tiefe Tal.

Sittige Mädchen
Verborgen im Innern
Des Gezeltes, blendendweiß,
Schön umflossen von dem weichen seidnen
Lässig wallenden Gewand;

Wie Ihr doch einzig
Das Leben erquicket!
Ist der Mensch der Würfel nicht
In des Schicksals Händen? Und das blinde,
Irre schwanket es hin und her.

Freuden und Leiden
Genüsse und Sorgen,
Alles trifft dasselbe Los!
Auf genießt des Lebens! was da lebet
Ist des Todes Eigentum. *(Arabisch)*

Bang hat der Pfaff sich in der Kirch verkrochen,
Der Herrschling zittert auf dem morschen Thrönlein,
Auf seinem Haupte wackelt schon sein Krönlein –
Denn Rousseaus Namen hab ich ausgesprochen.

Doch wähne nicht das Püpplein womit pochen
Die Mystiker sei Rousseaus G l a u b e n s fähnlein,
Auch halte nicht für Rousseaus F r e i h e i t , Söhnlein,
Das Süpplein das die Demagogen kochen.

Sei deines Namens wert, für wahre Freiheit
Und freie Wahrheit kämpf mit deutschem Sinne;
Schlag drein mit Wort und Schwert, sei treu und bieder.

Glauben, Freiheit, Minne sei deine Dreiheit,
Und fehlt dir auch das Myrtenreis der Minne,
So hast du doch den Lorbeerkranz der Lieder.

Wenn einst die Posaunen mit schmetterndem Schall
Am jüngsten Tag erklingen,
Dann werden die Toten überall
Aus ihren Gräbern springen.

Dann singen die Engel von oben herab
Das Lied vom Herrn der Welt;
Doch ich, ich bleibe liegen im Grab,
Wenns Lied mir nicht gefällt.

Wenn ich bei meiner Liebsten bin,
Dann geht das Herz mir auf,
Dann bin ich reich in meinem Sinn
Und biet die Welt zu Kauf.

Doch wenn ich wieder scheiden muß
Aus ihrem Schwanenarm,
Dann schwindet all mein Überfluß
Und ich bin bettelarm.

Wir wollen jetzt Frieden machen
Ihr lieben Blümelein
Wir wollen schwatzen und lachen
Und wollen uns wieder freun.

Du weißes Maienglöckchen,
Du Rose mit rotem Gesicht,
Du Nelke mit bunten Fleckchen,
Du blaues Vergißmeinnicht!

Kommt her, ihr Blumen, jede
Soll mir willkommen sein,
Nur mit der schlimmen Resede
Laß ich mich nicht mehr ein.

Ich wollte meine Lieder
Das wären Blümelein,
Ich schickte sie zum Riechen
Der Herzallerliebsten mein.

Ich wollte meine Lieder,
Das wären Küsse fein,
Ich schickte sie heimlich alle
Nach Liebchens Wängelein.

Ich wollte meine Lieder
Das wären Erbsen klein,
Ich kocht eine Erbsensuppe,
Die sollte köstlich sein.

Ich will mich im grünen Wald ergehn,
Wo Blumen sprießen und Vögel singen;
Denn wenn ich im Grabe einst liegen werde
Ist Aug und Ohr bedeckt mit Erde,
Die Blumen kann ich nicht sprießen sehn,
Und Vögelgesänge hör ich nicht klingen.

Ich mache die kleinen Lieder
Der Herzallerliebsten mein,
Die heben ihr klingend Gefieder
Und fliegen zu dir hinein.

Er macht die kleinen Jungen,
Der schnalzende Herr Gemahl,
Die kommen zu dir gesprungen
Über Wiese und Busch und Tal.

Die Leute so gerne weilen
Bei meinem Liederchor;
Doch bei der Jungen Heulen
Sie halten sich zu das Ohr.

Und der dies Lied gesungen,
Der liegt allein in der Nacht
Und hätte weit lieber die Jungen,
Ach, als die Lieder gemacht.

Kein Stammbuch?! – da hab ich nachgedacht,
Doch kaum wird es Denkens bedürfen;
Es gleichet gar bald dem verschütteten Schacht,
Weils trostlos war, weiter zu schürfen.

Betrug und Freundschaft sind ja zumeist
Im Erdenverkehre Geschwister,
Und was man jung ein Stammbuch heißt,
Wird endlich Totenregister.

Nur mit dem Ärgernis macht ein Komplott,
Wer viel von Freundschaft will buchen;

Denn findet man immer sie wieder bankrott,
So lernt man sein Leben verfluchen.

Mit starken Händen schob ich von den Pforten
Des dunkeln Geisterreichs die rostgen Eisenriegel;
Vom roten Buch der Liebe riß ich dorten
Die urgeheimnisvollen sieben Siegel;
Und was ich schaute in den ewgen Worten,
Das bring ich dir in dieses Liedes Spiegel.
Ich und mein Name werden untergehen,
Doch dieses Lied muß ewiglich bestehen.

Am Werfte zu Cuxhaven
Da ist ein schöner Ort,
Der heißt »Die alte Liebe«
Die meinige ließ ich dort. etc. etc. etc.

An Edom!

Ein Jahrtausend schon und länger,
Dulden wir uns brüderlich,
Du, du duldest daß ich atme,
Daß du rasest dulde Ich.

Manchmal nur, in dunkeln Zeiten,
Ward dir wunderlich zu Mut,
Und die liebefrommen Tätzchen
Färbtest du mit meinem Blut.

Jetzt wird unsre Freundschaft fester,
Und noch täglich nimmt sie zu;

Denn ich selbst begann zu rasen,
Und ich werde fast wie Du.

Brich aus in lauten Klagen,
Du düstres Martyrerlied,
Das ich so lang getragen
Im flammenstillen Gemüt.

Es dringt in alle Ohren,
Und durch die Ohren ins Herz;
Ich habe gewaltig beschworen
Den tausendjährigen Schmerz.

Es weinen die Großen und Kleinen,
Sogar die kalten Herrn,
Die Frauen und Blumen weinen,
Es weinen am Himmel die Stern.

Und alle die Tränen fließen
Nach Süden, im stillen Verein,
Sie fließen und ergießen
Sich all in den Jordan hinein.

Zum Ostwind sprach ich, Ostwind schere dich
Nur deinen Vetter Westwind kann ich brauchen,
Und mag er stürmen, brüllen flöten, hauchen,
Gleichviel, doch zu der Liebsten bringt er mich.

Ostwind, in deinen starren Launen gleichst du
Der Herzgeliebten, meinem süßen Kind,
Ich bitte dich, ich fleh, und doch nicht weichst du,
Du bist wie sie, und sie ist wie der Wind.

Sonnenaufgang

Sonne, purpurgeborene,
Glänzend im Glanz der Rubinenkron
Und des goldenen Mantels,
Steigst du empor
Aus deinem Palast von Kristall;
Vor dir, wie Blumenmädchen am Festtag,
Tanzen die jungen Morgenlichter,
Und streuen dir Rosenblätter;
Und unter Triumphportalen,
Gewölbt aus Wolkenmarmor,
Wandelst du siegreich
Über die leuchtende Wasserbahn,
Und wohin du gelangst
Entflieht die Nacht
Mit hastigem Schattenschritt,
Und, lichtgeweckt, erschließen sich freudig
Die bunten Augen der Blumen
Und die lieben Herzen der Menschen,
Und aus den grünen Domen erschallt
Befiederte Jubelmusik.

Aber, o Sonne, purpurgeborene,
Putz dich heut noch schöner als sonst,
Putz dich mit all deinem besten Geschmeide,
Denn es ist heut der Geburtstag
Der schönen Tante,
Und keinen gringeren Boten
Als dich selber, o Sonne,
Schick ich mit meinem Glückwunsch
An die schöne Tante.

Hochgeehret fühlt sich die Sonne,
Die purpurgeborene,
Sie schmückt sich hastig,
Und hastig eilt sie über das Wasser,
Eilt in die Mündung der Elbe,
Stromaufwärts, Blankenes entlang,
Und sputet sich eifrig, und kommt noch zeitig
Nach Onkels Villa zu Ottensen,
Und findet noch, frühstückversammelt,
Alldort die schöne Tante
Und den Oheim, den fürstlichen Mann,
Und die lieben Mädchen,
Und Carl, den göttlichen Jungen,
Dem die Welt gehört,
Und den vornehmherrlichen Hermann,
Der jüngst aus Italien gekommen,
Und vieles gesehn und erfahren,
Und jetzt erzählt:
Vom alten, blauen Wunderland,
Von Zitronenwäldern und Banditen,
Von Makkaroni und Madonnen,
Von geflickten Marmorgöttern,
Und von Musik und Misere. – – –

Unterdessen, die Sonne, die purpurgeborene,
Auftraggehorsam,
Strahlet ins Fenster hinein
Meinen heißesten Glückwunsch,
Meine wärmste Gratulation.

O des heilgen Jugendmutes!
O wie schnell bist du gebändigt!
Und du hast dich kühlern Blutes
Mit den lieben Herrn verständigt.

Und du bist zu Kreuz gekrochen
Zu dem Kreuz das du verachtest
Das du noch vor wenig Wochen
In den Staub zu treten dachtest!

O das tut das viele Lesen
Jener Schlegel, Haller, Burke.
Gestern noch ein Held gewesen
Ist man heute schon ein Schurke.

Ich habe die süße Liebe gesucht,
Und hab den bittern Haß gefunden,
Ich habe geseufzt, ich habe geflucht,
Ich habe geblutet aus tausend Wunden.

Auch hab ich mich ehrlich, Tag und Nacht,
Mit Lumpengesindel herumgetrieben,
Und als ich all diese Studien gemacht,
Da hab ich ruhig den Ratcliff geschrieben.

Giebelrede des Verfassers

Die schönsten Blumen – Leiden und Lieben –
Sind längst aus der Seele herausgeschrieben,
Die wenigen Blümchen, die drin geblieben,
Hat der Lenz nun wieder hervorgetrieben –

Du, Merckel, hast treulich die Kleinen gehegt,
Hast manche selbst in die Wiege gelegt,
Die Wiege, das ist dies kleine Buch,
Es machte uns Müh und Plage genug –
Gott, der so gut und gnadenreich,
Er schenk uns allen das Himmelreich,
Er schütz auf Erden die Blinden und Lahmen
Und dies lahm und blinde Büchlein – Amen!

NACHLESE ZU ›NEUE GEDICHTE‹

ZEITGENÖSSISCH GEDRUCKTE GEDICHTE

ZU ›VERSCHIEDENE‹

ZU ›EMMA‹

An Jenny

Ich bin nun fünfunddreißig Jahr alt,
Und du bist fünfzehnjährig kaum ...
O Jenny, wenn ich dich betrachte,
Erwacht in mir der alte Traum!

Im Jahre achtzehnhundertsiebzehn
Sah ich ein Mädchen, wunderbar
Dir ähnlich an Gestalt und Wesen,
Auch trug sie ganz wie du das Haar.

Ich geh auf Universitäten,
Sprach ich zu ihr, ich komm zurück
In kurzer Zeit, erwarte meiner,
Sie sprach: du bist mein einzges Glück.

Drei Jahre schon hatt ich Pandekten
Studiert, als ich am ersten Mai,
Zu Göttingen, die Nachricht hörte:
Daß meine Braut vermählet sei.

Es war am ersten Mai! Der Frühling
Zog lachend grün durch Feld und Tal,
Die Vögel sangen, und es freute
Sich jeder Wurm im Sonnenstrahl.

Ich aber wurde blaß und kränklich,
Und meine Kräfte nahmen ab;
Der liebe Gott nur kann es wissen,
Was ich des Nachts gelitten hab.

Doch ich genas. Meine Gesundheit
Ist jetzt so stark wie'n Eichenbaum ...
O Jenny, wenn ich dich betrachte,
Erwacht in mir der alte Traum!

KITTY

[1]

Den Tag, den hab ich so himmlisch verbracht,
Den Abend verbracht ich so göttlich!
Der Wein war gut und Kitty war schön,
Und das Herz war unersättlich.

Die roten Lippen, sie küßten so wild,
So stürmisch, so sinneverwirrend!
Die braunen Augen schauten mich an,
So zärtlich, so knisternd, so girrend!

Das hielt mich umschlungen, und nur mit List
Konnt ich entschlüpfen am Ende:
Ich hatte mit ihrem eigenen Haar
Ihr festgebunden die Hände.

[2]

Unsre Seelen bleiben freilich
In platonischer Empfindung
Fest vereinigt; unzerstörbar
Ist die geistige Verbindung.

Ja, sogar im Trennungsfalle
Fänden sie doch leicht sich wieder;
Denn die Seelen haben Flügel,
Schnelles Schmetterlingsgefieder;

Und dabei sind sie unsterblich,
Und die Ewigkeit ist lange;
Und wer Zeit hat und wer suchet,
Findet, was er auch verlange.

Doch den Leibern, armen Leibern,
Wird die Trennung sehr verderblich,
Haben keine Flügel, haben
Nur zwei Beine und sind sterblich.

Das bedenke, schöne Kitty,
Sei vernünftig, klug und weise;
Bleib in Frankreich, bis zum Frühling,
Bis ich mit nach England reise.

[3]

Als die junge Rose blühte
Und die Nachtigall gesungen,
Hast du mich geherzt, geküsset,
Und mit Zärtlichkeit umschlungen.

Nun der Herbst die Ros entblättert
Und die Nachtigall vertrieben,
Bist du auch davon geflogen
Und ich bin allein geblieben.

Lang und kalt sind schon die Nächte –
Sag wie lange wirst du säumen?
Soll ich immer mich begnügen
Nur von altem Glück zu träumen?

[4]

Kitty stirbt! und ihre Wangen
Seh ich immer mehr erblassen.
Dennoch kurz vor ihrem Tode
Muß ich Ärmster sie verlassen.

Kitty stirbt! und kalt gebettet
Liegt sie bald im Kirchhofsgrunde.
Und sie weiß es! Doch für andre
Sorgt sie bis zur letzten Stunde.

Sie verlangt, daß ich die Strümpfe
Nächsten Winter tragen solle,
Die sie selber mir gestrickt hat
Von der wärmsten Lämmerwolle.

[5]

Das gelbe Laub erzittert,
Es fallen die Blätter herab.
Ach, alles was hold und lieblich
Verwelkt und sinkt ins Grab.

Die Wipfel des Waldes umflimmert
Ein schmerzlicher Sonnenschein;
Das mögen die letzten Küsse
Des scheidenden Sommers sein.

Mir ist als müßt ich weinen
Aus tiefstem Herzensgrund;
Dies Bild erinnert mich wieder
An unsre Abschiedstund.

Ich mußte dich verlassen
Und wußte du stürbest bald.
Ich war der scheidende Sommer,
Du warst der kranke Wald.

ZU ›ROMANZEN‹

Meine gute, liebe Frau,
Meine gütge Frau Geliebte,
Hielt bereit den Morgenimbiß,
Braunen Kaffee, weiße Sahne.

Und sie schenkt ihn selber ein,
Scherzend, kosend, lieblich lächelnd.
In der ganzen Christenheit
Lächelt wohl kein Mund so lieblich!

Auch der Stimme Flötenton
Findet sich nur bei den Engeln,
Oder allenfalls hienieden
Bei den besten Nachtigallen.

Wie die Hände lilienweiß!
Wie das Haar sich träumend ringelt
Um das rosge Angesicht!
Ihre Schönheit ist vollkommen.

Heute nur will mich bedünken –
(Weiß nicht warum) – ihre Taille
Sei nicht mehr so schlank wie ehmals,
Könnt ein bißchen schmäler sein.

ZU ›ZEITGEDICHTE‹

Deutschland!

(Geschrieben im Sommer 1840.)

Deutschland ist noch ein kleines Kind,
Doch die Sonne ist seine Amme;
Sie säugt es nicht mit stiller Milch,
Sie säugt es mit wilder Flamme.

Bei solcher Nahrung wächst man schnell
Und kocht das Blut in den Adern.
Ihr Nachbarskinder hütet euch
Mit dem jungen Burschen zu hadern!

Er ist ein täppisches Rieselein,
Reißt aus dem Boden die Eiche,
Und schlägt euch damit den Rücken wund
Und die Köpfe wickelweiche.

Dem Siegfried gleicht er, dem edlen Fant,
Von dem wir singen und sagen;
Der hat, nachdem er geschmiedet sein Schwert,
Den Amboß entzwei geschlagen!

Ja, du wirst einst wie Siegfried sein,
Und töten den häßlichen Drachen.
Heisa! wie freudig vom Himmel herab
Wird deine Frau Amme lachen!

Du wirst ihn töten und seinen Hort,
Die Reichskleinodien, besitzen.
Heisa, wie wird auf deinem Haupt
Die goldne Krone blitzen!

Lobgesänge auf König Ludwig

I

Das ist Herr Ludwig von Bayerland,
Desgleichen gibt es wenig;
Das Volk der Bavaren verehrt in ihm
Den angestammelten König.

Er liebt die Kunst, und die schönsten Fraun
Die läßt er porträtieren;
Er geht in diesem gemalten Serail
Als Kunst-Eunuch spazieren.

Bei Regensburg läßt er erbaun
Eine marmorne Schädelstätte,
Und er hat höchstselbst für jeden Kopf
Verfertigt die Etikette.

»Walhallagenossen«, ein Meisterwerk,
Worin er jedweden Mannes
Verdienste, Charakter und Taten gerühmt,
Von Teut bis Schinderhannes.

Nur Luther, der Dickkopf, fehlt in Walhall,
Und es feiert ihn nicht der Walhall-Wisch;
In Naturaliensammlungen fehlt
Oft unter den Fischen der Walfisch.

Herr Ludwig ist ein großer Poet,
Und singt er, so stürzt Apollo
Vor ihm auf die Kniee und bittet und fleht:
Halt ein! ich werde sonst toll, o!

Herr Ludwig ist ein mutiger Held,
Wie Otto, das Kind, sein Söhnchen;
Der kriegte den Durchfall zu Athen,
Und hat dort besudelt sein Thrönchen.

Stirbt einst Herr Ludwig, so kanonisiert
Zu Rom ihn der heilige Vater –
Die Glorie paßt für ein solches Gesicht
Wie Manschetten für unseren Kater!

Sobald auch die Affen und Känguruhs
Zum Christentum sich bekehren,
Sie werden gewiß Sankt Ludewig
Als Schutzpatron verehren.

II

Herr Ludewig von Bayerland,
Sprach seufzend zu sich selber:
Der Sommer weicht, der Winter naht,
Das Laub wird immer gelber.

Der Schelling und der Cornelius,
Sie mögen von dannen wandern;
Dem einen erlosch im Kopf die Vernunft,
Die Phantasie dem andern.

Doch daß man aus meiner Krone stahl
Die beste Perle, daß man
Mir meinen Turnkunstmeister geraubt,
Das Menschenjuwel, den Maßmann –

Das hat mich gebeugt, das hat mich geknickt,
Das hat mir die Seele zerschmettert:
Mir fehlt jetzt der Mann, der in seiner Kunst,
Den höchsten Pfahl erklettert!

Ich sehe die kurzen Beinchen nicht mehr,
Nicht mehr die platte Nase;
Er schlug wie ein Pudel frisch-fromm-fröhlich-frei,
Die Purzelbäume im Grase.

Nur Altdeutsch verstand er, der Patriot,
Nur Jacob-Grimmisch und Zeunisch;
Fremdwörter blieben ihm immer fremd,
Griechisch zumal und Lateinisch.

Er hat, ein vaterländisch Gemüt,
Nur Eichelkaffee getrunken,
Franzosen fraß er und Limburger Käs,
Nach letzterm hat er gestunken.

O, Schwager! gib mir den Maßmann zurück!
Denn unter den Gesichtern,
Ist sein Gesicht, was ich selber bin,
Als Dichter unter den Dichtern.

O Schwager! behalt den Cornelius,
Auch Schelling, (daß du den Rückert
Behalten kannst, versteht sich von selbst) –
Wenn nur der Maßmann zurückkehrt!

O Schwager! begnüge dich mit dem Ruhm,
Daß du mich verdunkelt heute;
Ich, der in Deutschland der erste war,
Ich bin nur noch der zweite ...

III

Zu München in der Schloßkapell
Steht eine schöne Madonne;
Sie trägt in den Armen ihr Jesulein,
Der Welt und des Himmels Wonne.

Als Ludewig von Bayerland
Das Heiligenbild erblicket,
Da kniete er nieder andachtsvoll
Und stotterte selig verzücket:

»Maria, Himmelskönigin,
Du Fürstin sonder Mängel!
Aus Heilgen besteht dein Hofgesind
Und deine Diener sind Engel.

Geflügelte Pagen warten dir auf,
Sie flechten dir Blumen und Bänder
Ins goldene Haar, sie tragen dir nach
Die Schleppe deiner Gewänder.

Maria, reiner Morgenstern,
Du Lilie sonder Makel,
Du hast so manches Wunder getan,
So manches fromme Mirakel –

O, laß aus deiner Gnaden Born,
Auch mir ein Tröpflein gleiten!
Gib mir ein Zeichen deiner Huld,
Der hochgebenedeiten!« –

Die Muttergottes bewegt sich alsbald,
Sichtbar bewegt sich ihr Mündchen,
Sie schüttelt ungeduldig das Haupt
Und spricht zu ihrem Kindchen:

»Es ist ein Glück, daß ich auf dem Arm
Dich trage und nicht mehr im Bauche,
Ein Glück, daß ich vor dem Versehn,
Mich nicht mehr zu fürchten brauche.

Hätt ich in meiner Schwangerschaft
Erblickt den häßlichen Toren,
Ich hätte gewiß einen Wechselbalg
Statt eines Gottes geboren.«

Der neue Alexander

I

Es ist ein König in Thule, der trinkt
Champagner, es geht ihm nichts drüber;
Und wenn er seinen Champagner trinkt,
Dann gehen die Augen ihm über.

Die Ritter sitzen um ihn her,
Die ganze historische Schule;
Ihm aber wird die Zunge schwer,
Es lallt der König von Thule:

»Als Alexander, der Griechenheld,
Mit seinem kleinen Haufen,
Erobert hatte die ganze Welt,
Da gab er sich ans Saufen.

Ihn hatten so durstig gemacht der Krieg
Und die Schlachten, die er geschlagen;
Er soff sich zu Tode nach dem Sieg,
Er konnte nicht viel vertragen.

Ich aber bin ein stärkerer Mann
Und habe mich klüger besonnen:
Wie jener endete fang ich an,
Ich hab mit dem Trinken begonnen.

Im Rausche wird der Heldenzug
Mir später weit besser gelingen;
Dann werde ich, taumelnd von Krug zu Krug,
Die ganze Welt bezwingen.«

II

Erster Feldzug

Da sitzt er und schwatzt, mit lallender Zung,
Der neue Alexander;
Den Plan der Welteroberung,
Den setzt er auseinander:

»Lothringen und Elsaß, das weiß ich längst,
Die fallen uns zu von selber;
Der Stute folgt am End der Hengst,
Es folgen der Kuh die Kälber.

Mich lockt die Champagne, das bessre Land,
Wo jene Reben sprießen,
Die lieblich erleuchten unsern Verstand
Und uns das Leben versüßen.

Hier soll sich erproben mein Kriegesmut,
Hier soll der Feldzug beginnen;
Es knallen die Pfropfen, das weiße Blut
Wird aus den Flaschen rinnen.

Hier wird mein junges Heldentum
Bis zu den Sternen moussieren!
Ich aber verfolge meinen Ruhm,
Ich will auf Paris marschieren.

Dort vor der Barriere mach ich Halt,
Denn vor den Barriere-Pforten,
Da wird kein Oktroi bezahlt
Für Wein von allen Sorten.«

III

Mein Lehrer, mein Aristoteles,
Der war zuerst ein Pfäffchen
Von der französischen Kolonie,
Und trug ein weißes Beffchen.

Er hat nachher als Philosoph
Vermittelt die Extreme,
Und leider Gottes! hat er mich
Erzogen nach seinem Systeme.

Ich ward ein Zwitter, ein Mittelding,
Das weder Fleisch noch Fisch ist,
Das von den Extremen unsrer Zeit
Ein närrisches Gemisch ist.

Ich bin nicht schlecht, ich bin nicht gut,
Nicht dumm und nicht gescheute,
Und wenn ich gestern vorwärts ging,
So geh ich rückwärts heute.

Ein aufgeklärter Obskurant,
Und weder Hengst noch Stute!
Ja, ich begeistre mich zugleich
Für Sophokles und die Knute.

Herr Jesus ist meine Zuversicht,
Doch auch den Bacchus nehme
Ich mir zum Tröster, vermittelnd stets
Die beiden Götterextreme.

Unsre Marine

Wir träumten von einer Flotte jüngst
Und segelten schon vergnüglich
Hinaus aufs balkenlose Meer;
Der Wind war ganz vorzüglich.

Wir hatten unsren Fregatten schon
Die stolzesten Namen gegeben;
Prutz hieß die eine, die andre hieß
Hoffmann von Fallersleben.

Da schwamm der Kutter Freiligrath;
Darauf als Puppe die Büste
Des Mohrenkönigs, der wie ein Mond
(Versteht sich, ein schwarzer!) grüßte.

Da kamen geschwommen ein Gustav Schwab,
Ein Pfizer, ein Kölle, ein Mayer;
Auf jedem stand ein Schwabengesicht
Mit einer hölzernen Leier.

Da schwamm die Birch-Pfeiffer, eine Brigg;
Sie trug am Fockmast das Wappen
Der deutschen Admiralität
Auf schwarz-rot-goldnem Lappen.

Wir kletterten keck an Bugspriet und Rahn;
Wir trugen uns wie Matrosen:
Die Jacke kurz, der Hut beteert,
Und weite Schifferhosen.

Gar mancher der früher nur Tee genoß,
Als wohlerzogener Ehmann,
Der soff jetzt Rum und kaute Tabak,
Und fluchte wie ein Seemann.

Seekrank ist mancher geworden sogar,
Und auf dem Fallersleben,
Dem alten Schiffprügel, hat mancher sich
Gemütlich übergeben.

Wir träumten so schön! Wir hatten fast
Schon eine Seeschlacht gewonnen!
Doch als die Morgensonne kam,
Ist Traum und Flotte zerronnen.

Wir lagen noch immer im heimischen Bett
Mit ausgestreckten Knochen,
Wir rieben uns aus den Augen den Schlaf,
Und haben gähnend gesprochen:

»Die Welt ist rund! Was nützt es am End,
Zu schaukeln auf müßiger Welle?
Der Weltumsegler kommt zuletzt
Zurück auf dieselbe Stelle.«

Die schlesischen Weber

Im düstern Auge keine Träne,
Sie sitzen am Webstuhl und fletschen die Zähne:
Altdeutschland wir weben dein Leichentuch,
Wir weben hinein den dreifachen Fluch –
Wir weben, wir weben!

Ein Fluch dem Gotte, zu dem wir gebeten,
In Winterkälte und Hungersnöten;
Wir haben vergebens gehofft und geharrt,
Er hat uns geäfft und gefoppt und genarrt –
Wir weben, wir weben!

Ein Fluch dem König, dem König der Reichen,
Den unser Elend nicht konnte erweichen,
Der den letzten Groschen von uns erpreßt,
Und uns wie Hunde erschießen läßt –
Wir weben, wir weben!

Ein Fluch dem falschen Vaterlande,
Wo nur gedeihen Schmach und Schande,
Wo jede Blume früh geknickt,
Und Fäulnis und Moder den Wurm erquickt –
Wir weben, wir weben!

Das Schiffchen fliegt, der Webstuhl kracht,
Wir weben emsig Tag und Nacht –
Altdeutschland, wir weben dein Leichentuch,
Wir weben hinein den dreifachen Fluch,
Wir weben, wir weben!

VERMISCHTE GEDICHTE

Ramsgate

»O, des liebenswürdigen Dichters,
Dessen Lieder uns entzücken!
Hätten wir ihn in der Nähe,
Seine Lippen zu beglücken!«

Während liebenswürdge Damen
Also liebenswürdig dachten,
Mußt ich, hundert Meil entfernt,
In der öden Fremde schmachten.

Und es hilft uns nichts im Norden,
Wenn im Süden schönes Wetter,
Und von zugedachten Küssen
Wird das magre Herz nicht fetter.

ZEITGENÖSSISCH NICHT GEDRUCKTE GEDICHTE

ZU ›NEUER FRÜHLING‹

»Augen, sterblich schöne Sterne!«
Also mag das Liedchen klingen,
Das ich einst in holder Ferne,
In Toskana, hörte singen.

Eine kleine Dirne sang es,
Die am Meere Netze strickte –
Und an dieses Liedchen dacht ich,
Als ich dich zuerst erblickte.

ZU ›VERSCHIEDENE‹

ZU ›ANGELIQUE‹

Es war einmal ein Teufel,
Ein Teufel gar und ganz;
Da kam eine kleine Äffin,
Die zog ihn an den Schwanz.

Sie zog und zog so lange,
Ihm ward er wußt nicht wie;
Er jauchzte und er brüllte,
Er gab ihr drei Ecu.

(*Tirer la queue du Diable* heißt Geld verlangen.)

ZU ›CLARISSE‹

[1]

Mit deinen großen, allwissenden Augen
Schaust du mich an und du hast Recht:
Wie konnten wir zusammen taugen,
Da du so gut, und ich so schlecht!

Ich bin so schlecht und bitterblütig,
Und Spottgeschenke bring ich dar
Dem Mädchen, das so lieb und gütig,
Und ach! sogar aufrichtig war.

[2]

»O, du kanntest Köch und Küche,
Loch und Schliche, Tür und Tor,
Wo wir nur zusammen strebten,
Kamst du immer mir zuvor.

Jetzt heuratest du mein Mädchen,
Teurer Freund! das wird zu toll –
Toller ist es nur daß ich dir
Dazu gratulieren soll!«

[3]

»O, die Liebe macht uns selig!
O, die Liebe macht uns reich!«
Also singt man tausendkehlig
In dem heilgen, römschen Reich.

Du, du fühlst den Sinn der Lieder,
Und sie klingen, teurer Freund,
Jubelnd dir im Herzen wieder,
Bis der große Tag erscheint:

Wo die Braut, mit roten Bäckchen,
Ihre Hand in deine legt,
Und der Vater mit den Säckchen,
Dir den Segen überträgt!

Säckchen voll mit Gold, unzählig,
Linnen, Betten, Silberzeug –
O, die Liebe macht uns selig,
O, die Liebe macht uns reich!

[4]

Der weite Boden ist überzogen
Mit Blumendecken, der grüne Wald,
Er wölbt sich hoch zu Siegesbogen,
Gefiederte Einzugsmusik erschallt.

Es kommt der schöne Lenz geritten,
Sein Auge sprüht, die Wange glüht!
Ihr solltet ihn zur Hochzeit bitten,
Denn gerne weilt er wo Liebe blüht.

ZU ›EMMA‹

Welch ein zierlich Ebenmaß
In den hochgeschossnen Gliedern!
Auf dem schlanken Hälschen wiegt sich
Ein bezaubernd kleines Köpfchen.

Reizend halb und halb auch rührend
Ist das Antlitz, wo sich mischen
Wollustblicke eines Weibes
Mit dem Lächeln eines Kindes!

Läg nur nicht auf deinen Schultern
Hie und da, wie dicker Schatten,
Etwas Erdenstaub, ich würde
Mit der Venus dich vergleichen,

Mit der Göttin Aphrodite,
Die der Meeresflut entstiegen,
Anmutblühend, schönheitstrahlend,
Und, versteht sich, wohlgewaschen.

KITTY

[6]

Das Glück, das gestern mich geküßt,
Ist heute schon zerronnen.
Denn treue Liebe hab ich nie
Auf lange Zeit gewonnen.

Die Neugier hat wohl manches Weib
In meinen Arm gezogen;
Hat sie mir mal ins Herz geschaut,
Ist sie davon geflogen.

Die eine lachte eh' sie ging,
Die andre tät erblassen;
Doch Kitty weinte bitterlich
Bevor sie mich verlassen.

[7]

Es läuft dahin die Barke,
Wie eine flinke Gemse.
Bald sind wir auf der Themse,
Bald bin ich im Regentsparke.

Da wohnet meine Kitty,
Mein allerliebstes Weibchen;
Es gibt kein weißres Leibchen
Im Westend und in der City.

Schon meiner Ankunft gewärtig,
Füllt sie den Wasserkessel
Und rückt an den Tisch den Sessel;
Den Tee den find ich fertig.

[8]

Augen, die ich längst vergessen
Wollen wieder mich verstricken
Wieder bin ich wie verzaubert
Von des Mädchens sanften Blicken.

Ihre Lippen küssen wieder
Mich in jene Zeit zurücke
Wo ich schwamm des Tags in Torheit
Und des Nachts in vollem Glücke.

Wär nur nicht die tiefe Grube
In dem Kinn, geliebtes Liebchen
Anno achtzehnhundertzwanzig
War dort nur ein leises Grübchen.

[9]

Mir redet ein die Eitelkeit
Daß du mich heimlich liebest,
Doch klügre Einsicht flüstert mir,
Daß du nur Großmut übest;

Daß du den Mann zu würdgen strebst
Den andre unterschätzen,
Daß du mir doppelt gütig bist,
Weil andre mich verletzen.

Du bist so hold, du bist so schön!
So tröstlich ist dein Kosen!
Die Worte klingen wie Musik
Und duften wie die Rosen.

Du bist mir wie ein hoher Stern,
Der mich vom Himmel grüßet,
Und meine Erdennacht erhellt,
Und all mein Leid versüßet.

[10]

Es glänzt so schön die sinkende Sonne,
Doch schöner ist deiner Augen Schein.
Das Abendrot und deine Augen,
Sie strahlen mir traurig ins Herz hinein.

Das Abendrot bedeutet Scheiden
Und Herzensnacht und Herzensweh.
Bald fließet zwischen meinem Herzen
Und deinen Augen die weite See.

[11]

Er ist so herzbeweglich
Der Brief den sie geschrieben:
Sie werde mich ewig lieben,
Ewig, unendlich, unsäglich.

Sie ennuiere sich täglich,
Ihr sei die Brust beklommen –
»Du mußt herüberkommen
Nach England, so bald als möglich.«

ZU ›ROMANZEN‹

Die Hexe

»Lieben Nachbarn, mit Vergunst!
Eine Hex, durch Zauberkunst,
Kann sich in ein Tier verwandeln,
Um die Menschen zu mißhandeln.

Eure Katz ist meine Frau;
Ich erkenne sie genau
Am Geruch, am Glanz der Augen,
Spinnen, Schnurren, Pfötchensaugen ...«

Der Nachbar und die Nachbarin,
Sie riefen: Jürgen, nimm sie hin!
Der Hofhund bellt: wau! wau!
Die Katze schreit: miau!

ZU ›ZEITGEDICHTE‹

Testament

Ich mache jetzt mein Testament,
Es geht nun bald mit mir zu End.
Nur wundre ich mich, daß nicht schon längstens
Mein Herz gebrochen vor Gram und Ängsten.

Du aller Frauen Huld und Zier,
Luise! ich vermache dir
Zwölf alte Hemde und hundert Flöhe,
Und dreimal hunderttausend Flüche.

Dem guten Freund, der mit gutem Rat
Mir immer riet und nie was tat,
Jetzt als Vermächtnis, rat ich ihm selber:
Nimm eine Kuh und zeuge Kälber.

Wem geb ich meine Religion,
Den Glauben an Vater, Geist und Sohn?
Der Kaiser von China, der Rabbi von Posen,
Sie sollen beide darum losen.

Den deutschen Freiheits- und Gleichheitstraum,
Die Seifenblasen vom besten Schaum,
Vermach ich dem Zensor der Stadt Krähwinkel;
Nahrhafter freilich ist Pumpernickel.

Die Taten, die ich noch nicht getan,
Den ganzen Vaterlandsrettungsplan,
Nebst einem Rezept gegen Katzenjammer,
Vermach ich den Helden der Badischen Kammer.

Und eine Schlafmütz, weiß wie Kreid,
Vermach ich dem Vetter, der zur Zeit
Für die Heidschnuckenrechte so kühn geredet;
Jetzt schweigt er wie ein echter Römer.

Und ich vermache dem Sittenwart
Und Glaubensvogt zu Stuttegart
Ein paar Pistolen, (doch nicht geladen.)
Kann seiner Frau damit Furcht einjagen.

Ein treues Abbild von meinem Steiß
Vermach ich der schwäbischen Schule; ich weiß,
Ihr wolltet mein Gesicht nicht haben,
Nun könnt ihr am Gegenteil euch laben.

Zwölf Krüge Seidlitzer Wasser vermach
Ich dem edlen Dichtergemüt, das ach!
Seit Jahren leidet an Sangesverstopfung;
Ihn tröstete Liebe, Glaube und Hoffnung.

Und dieses ist ein Kodizill:
Für den Fall, daß keiner annehmen will
Die erwähnten Legate, so sollen sie alle
Der römisch katholischen Kirche verfallen.

Du singst wie einst Tyrtäus sang
Von Heldenmut beseelet,
Doch hast du schlecht dein Publikum
Und deine Zeit gewählet.

Beifällig horchen sie dir zwar
Und loben schier begeistert:
Wie edel dein Gedankenflug
Wie du die Form bemeistert.

Sie pflegen auch beim Glase Wein
Ein Vivat dir zu bringen
Und manchen Schlachtgesang von dir
Lautbrüllend nachzusingen.

Der Knecht singt gern ein Freiheitslied
Des Abends in der Schenke;
Das fördert die Verdauungskraft
Und würzet die Getränke.

Herwegh, du eiserne Lerche,
Mit klirrendem Jubel steigst du empor
Zum heiligen Sonnenlichte!
Ward wirklich der Winter zunichte?
Steht wirklich Deutschland im Frühlingsflor?

Herwegh, du eiserne Lerche,
Weil du so himmelhoch dich schwingst
Hast du die Erde aus dem Gesichte
Verloren – Nur in deinem Gedichte
Blüht jener Lenz, den du besingst!

O Hoffmann deutscher Brutus
Wie bist du mutig und kühn
Du setzest Läuse den Fürsten
In den Pelz, in den Hermelin.

Und wen es jückt, der kratzt sich,
Sie kratzen sich endlich tot
Die sechs und dreißig Tyrannen
Und es endigt unsre Not.

O Hoffmann, deutscher Brutus,
Von Fallersleben genannt,
Mit deinem Ungeziefer
Befreist du das Vaterland.

Im lieben Deutschland daheime
Da wachsen viel Lebensbäume
Doch lockt die Kirsche noch so sehr
Die Vogelscheuche schreckt noch mehr.

Wir lassen uns wie Spatzen
Einschüchtern von Teufelsfratzen,
Wie auch die Kirsche lacht und blüht
Wir singen ein Entsagungslied:

Die Kirschen sind von außen rot
Doch drinnen steckt als Kern der Tod
Nur droben wo die Sterne
Gibts Kirschen ohne Kerne.

Nach diesen sehnet ewiglich
Die arme deutsche Seele sich
Gott Vater, Gott Sohn, Gott heiliger Geist
Die unsere Seele lobt und preist.

Nur wo die Engel fliegen
Da wächst das ewge Vergnügen
Hier unten ist alles Sünd und Leid
Und saure Kirschen und Bitterkeit.

Die Eule studierte Pandekten
Kanonisches Recht und die Glossa
Und als sie kam nach Welschland
Sie frug: wo liegt Canossa?

Die alten matten Raben
Sie ließen die Flügel hängen
[Sie sprachen das alte Canossa
Ist längstens untergegangen.

Wir möchten ein neues bauen
Doch fehlt dazu das Beste
Die Marmorblöcke, die Quadern,
Und die gekrönten Gäste.]

VERMISCHTE GEDICHTE

Heut Nacht, im Traum, unglücklicherweis,
Tät ich an der schmutzigsten Magd mich laben,
Und ich konnte doch für denselben Preis
Die allerschönste Prinzessin haben.

Schau hinein ins Buch, da drinnen
Siehst du Nebelmenschen schwanken,
Siehst wie blutende Gedanken
Durch die weißen Herzen rinnen.

Aber auch lebendge Rosen
Lachen blühend dir entgegen
Und auf süßverschwiegnen Wegen
Hörst du Nachtigallen kosen.

Und sie kosen von Italia;
Und geschieht es auch in Prose,
Murmelt doch durch das Gekose
Fern melodisch die Kastalia.

Der Kopf ist leer, das Herz ist voll
Ich weiß nicht was ich schreiben soll,
Ich bitte die lieben deutschen Götter
Für dich um gutes Reisewetter.

Die Kirche siehst du auf diesem Bilde,
Worin zu heiliger Stimmung bekehrt,
Signora Franceska und Lady Mathilde,
Mit Doktor Heine die Messe gehört.

Die Erste lieb ich unter mir,
Die Zweite über – haupt,
Das Ganze täuschet für und für,
Daß niemand mehr ihm glaubt.

Aufblühn, Staubwerden,
Sieh, da! das große Gesetz der Natur
Rosenpracht, Mädchenschönheit,
Jünglingstärke, was ist ihr Los?
Aufblühn, Staubwerden.

Der Sangesvogel, der ist tot,
Du wirst ihn nicht erwecken!
Du kannst dir ruhig in den Steiß
Die goldne Feder stecken.

Du reißt dich los von braunen Hälsen,
Du fliehst die gallischen Brünetten,
Doch hinter Albions weißen Felsen
Schon harren deiner blonde Ketten!
Leb wohl! Erlaubts die neue Herrschaft drüben,
Bleib eingedenk der Freunde, die dich lieben.

Kalte Herzen

Als ich dich zum ersten Male
In der Welt von Pappe sah,
Spieltest du in Gold und Seide
Shylocks Tochter: Jessica.

Klar und kalt war deine Stimme,
Kalt und klar war deine Stirne
Und du glichst, o Donna Clara,
Einer schönen Gletscherfirne.

Und der Jud verlor die Tochter,
Und der Christ nahm dich zum Weibe;
Armer Shylock, ärmrer Lorenz!
Und mir fror das Herz im Leibe.

Als ich dich zum andren Male
In vertrauter Nähe sah,
War ich dir der Don Lorenzo
Und du warst mir Jessica.

Und du schienst berauscht von Liebe
Und ich war berauscht von Weine,
Küßte trunken deine Augen,
Diese kalten Edelsteine.

Plötzlich ward mir ehstandslüstern;
Hatte ich den Kopf verloren?
Oder war in deiner Nähe
Der Verstand mir nur erfroren?

Nach Sibirien, nach Sibirien!
Führte mich die Hochzeitsreise,
Einer Steppe glich das Ehbett
Kalt und starr und grau von Eise.

In der Steppe lag ich einsam
Und mir froren alle Glieder,
Leise wimmern hört ich meine
Halberstarrten Liebeslieder.

Und ich darf ein schneeig Kissen
An das heiße Herz mir drücken
Amor klappern alle Zähne
Jessica kehrt mir den Rücken. –

*

Ach und diese armen Kinder,
Meine Lieder, meine Witze,
Werden sämtlich nun geboren
Mit erfrorner Nasenspitze!

Meine Muse hat den Schnupfen
– Musen sind sensible Tiere –
Und sie sagt mir: Lieber Heinrich
Laß mich ziehn, eh ich erfriere.

O, ihr kalten Licbestempel
Matt erwärmt von Pfennigskerzen
Warum zeigt mein Liebeskompass
Nach dem Nordpol solcher Herzen!

Beselgend ist es, wenn die Knospe
Sich zitternd unserm Kuß erschließt;
Nicht mindre Lust gewährt die Blume,
Die blühend stolz in Duft zerrinnt.

Das macht den Menschen glücklich,
Das macht den Menschen matt,
Wenn er drei sehr schöne Geliebte
Und nur zwei Beine hat.

Der einen lauf ich des Morgens
Der andern des Abends nach.
Die dritt kommt zu mir des Mittags,
Wohl unter mein eigenes Dach.

Lebt wohl ihr drei Geliebten,
Ich hab zwei Beine nur.
Ich will in ländlicher Stille
Genießen die schöne Natur.

Des Oberkirchners Töchterlein
Führt mich in die heiligen Hallen;
Ihr Haar war blond, ihr Wuchs war klein,
Ihr Tuch vom Halse gefallen.

Ich sah für einiger Groschen Preis
Die Gräber und Kreuze und Lichte
Im alten Dom; da ward mir heiß –
Ich sah in Elsbeths Gesichte.

Und schaute wieder hie und da
Die heiligen Kirchenmonstranzen,
Im Unterrock, Hallelujah!
Die Weiber am Fenster tanzen.

Des Oberkirchners Töchterlein
Blieb mit mir zusammen stehen;
Sie hat ein Augenpaar gar fein,
Darin hab ich alles gesehen.

Des Oberkirchners Töchterlein
Führt mich aus den heiligen Hallen;
Ihr Hals war rot, ihr Mund war klein,
Ihr Tuch vom Busen gefallen.

Die Flucht

Die Meeresfluten blitzen,
Bestrahlt vom Mondenschein.
Im schwanken Kahne sitzen
Zwei Buhlen, die schiffen allein.

»Du wirst ja blaß und blasser,
Du Herzallerliebste mein!«
»Geliebter! dort ruderts im Wasser,
Mein Vater holt uns ein.«

»Wir wollen zu schwimmen versuchen,
Du Herzallerliebste mein.«
»Geliebter! ich hör ihn schon fluchen,
Ich höre ihn toben und schrein.«

»Halt nur den Kopf in die Höhe,
Du Herzallerliebste mein!«
»Geliebter! das Wasser, o wehe,
Dringt mir in die Ohren hinein.«

»Es werden mir steif die Füße,
O Herzallerliebste mein!«
»Geliebter, der Tod muß süße
In deinen Armen sein.«

Die ungetreue Luise
Sie kam mit sanftem Geflüster.
Da saß der arme Ulrich
Die Kerzen die brannten so düster.

Sie koste und sie scherzte
Sie will ihn heiter machen ...
»Mein Gott! wie bist du verändert
Ich hör dich nicht mehr lachen!«

Sie koste und sie scherzte,
Zu seinen Füßen gelagert ...
»Mein Gott, wie deine Hände
So kalt und abgemagert!«

Sie koste und sie scherzte,
Doch mußte sie wieder stocken: ...
»Mein Gott, so grau wie Asche
Sind jetzo deine Locken!«

Da saß der arme Ulrich,
Sein Herze war gebrochen,
Er küßte sein böses Liebchen,
Doch hat er kein Wort gesprochen.

Es erklingt wie Liedestöne
Alles was ich denk und fühl
Ach! da hat der kleine schöne
Liebesgott die Hand im Spiel.

Der Maestro im Theater
Meines Herzens ist er jetzt,
Was ich fühl und denke hat er
Gleich schon in Musik gesetzt.

Im Mondenglanze ruht das Meer,
Die Wogen murmeln leise;
Mir wird das Herz so bang und schwer,
Ich denk der alten Weise,

Der alten Weise, die uns singt
Von den verlornen Städten,
Wo aus dem Meeresgrunde klingt
Glockengeläut und Beten –

Das Läuten und das Beten, wißt,
Wird nicht den Städten frommen,
Denn was einmal begraben ist,
Das kann nicht wiederkommen.

Jegliche Gestalt bekleidend,
Bin ich stets in deiner Nähe.
Aber immer bin ich leidend,
Und du tust mir immer wehe.

Wenn du, zwischen Blumenbeeten
Wandelnd in des Sommers Tagen,
Einen Schmetterling zertreten –
Hörst du mich nicht leise klagen?

Wenn du eine Rose pflückest,
Und mit kindischem Behagen
Sie entblätterst und zerstückest –
Hörst du mich nicht leise klagen?

Wenn bei solchem Rosenbrechen
Böse Dornen einmal wagen
In die Finger dich zu stechen –
Hörst du mich nicht leise klagen?

Hörst du nicht die Klagetöne
Selbst im Ton der eignen Kehle?
In der Nacht seufz ich und stöhne
Aus der Tiefe deiner Seele.

Mit dummen Mädchen, hab ich gedacht,
Nichts ist mit dummen anzufangen;
Doch als ich mich an die klugen gemacht,
Da ist es mir noch schlimmer ergangen.

Die klugen waren mir viel zu klug,
Ihr Fragen machte mich ungeduldig,
Und wenn ich selber das Wichtigste frug,
Da blieben sie lachend die Antwort schuldig.

Sie tat so fromm, sie tat so gut,
Ich glaubte einen Engel zu lieben;
Sie schrieb die schönsten Briefe mir
Und konnte keine Blume betrüben.

In Bälde sollte Hochzeit sein,
Das hörten die lieben Verwandten,
Die Bertha war ein dummes Ding,
Denn sie folgte den Basen und Tanten.

Sie hielt nicht Treu, sie hielt nicht Schwur,
Ich habe es gern ihr vergeben;
Sie hätte in der Ehe sonst
Verbittert mir Lieben und Leben.

Denk ich nun an ein treulos Weib,
So denke an Bertha ich wieder,
Und habe nur noch einen Wunsch:
Sie komme recht glücklich nieder.

Was bedeuten gelbe Rosen?
Liebe die mit Ärger kämpft,
Ärger der die Liebe dämpft
Lieben und sich dabei erbosen.

Wir müssen zugleich uns betrüben
Und lachen wenn wir schaun,
Daß sich die Herzen lieben
Und sich die Köpfe nicht traun.

Fühlst du mein süßes Liebchen
Wie liebend mein Herz bewegt,
Sie schüttelt das Köpfchen und flüstert
Gott weiß für wen es schlägt.

Wo wird einst des Wandermüden
Letzte Ruhestätte sein?
Unter Palmen in dem Süden?
Unter Linden an dem Rhein?

Werd ich wo in einer Wüste
Eingescharrt von fremder Hand?
Oder ruh ich an der Küste
Eines Meeres in dem Sand.

Immerhin mich wird umgeben
Gotteshimmel, dort wie hier,
Und als Totenlampen schweben
Nachts die Sterne über mir.

Ich bin das Schwert, ich bin die Flamme.
Ich habe euch erleuchtet in der Dunkelheit, und als die Schlacht begann focht ich voran, in der ersten Reihe.
Rund um mich her liegen die Leichen meiner Freunde, aber wir haben gesiegt. Wir haben gesiegt, aber rund umher liegen die Leichen meiner Freunde. In die jauchzenden Triumphgesänge tönen die Choräle der Totenfeier. Wir haben aber weder Zeit zur Freude noch zur Trauer. Aufs neue erklingen die Trommeten, es gilt neuen Kampf –
Ich bin das Schwert, ich bin die Flamme.

NACHLESE ZUM ›ROMANZERO‹

ZEITGENÖSSISCH GEDRUCKTE GEDICHTE

Schloßlegende

Zu Berlin, im alten Schlosse,
Sehen wir, aus Stein gemetzt,
Wie ein Weib mit einem Rosse
Sodomitisch sich ergötzt.

Und es heißt: daß jene Dame
Die erlauchte Mutter ward
Unsres Fürstenstamms; der Same
Schlug fürwahr nicht aus der Art.

Ja, fürwahr, sie hatten wenig
Von der menschlichen Natur!
Und an jedem Preußenkönig
Merkte man die Pferdespur.

Das Brutale in der Rede,
Das Gelächter ein Gewiehr,
Stallgedanken, und das öde
Fressen – jeder Zoll ein Tier!

Du allein, du des Geschlechtes
Jüngster Sprößling, fühlst und denkst
Wie ein Mensch, du hast ein echtes
Christenherz, und bist kein Hengst.

Michel nach dem März

So lang ich den deutschen Michel gekannt,
War er ein Bärenhäuter;
Ich dachte im März, er hat sich ermannt
Und handelt fürder gescheuter.

Wie stolz erhob er das blonde Haupt
Vor seinen Landesvätern!
Wie sprach er – was doch unerlaubt –
Von hohen Landesverrätern.

Das klang so süß zu meinem Ohr
Wie märchenhafte Sagen,
Ich fühlte, wie ein junger Tor,
Das Herz mir wieder schlagen.

Doch als die schwarz-rot-goldne Fahn,
Der altgermanische Plunder,
Aufs neu erschien, da schwand mein Wahn
Und die süßen Märchenwunder.

Ich kannte die Farben in diesem Panier
Und ihre Vorbedeutung:
Von deutscher Freiheit brachten sie mir
Die schlimmste Hiobszeitung.

Schon sah ich den Arndt, den Vater Jahn –
Die Helden aus andern Zeiten
Aus ihren Gräbern wieder nahn
Und für den Kaiser streiten.

Die Burschenschaftler allesamt
Aus meinen Jünglingsjahren,
Die für den Kaiser sich entflammt,
Wenn sie betrunken waren.

Ich sah das sündenergraute Geschlecht
Der Diplomaten und Pfaffen,
Die alten Knappen vom römischen Recht,
Am Einheitstempel schaffen –

Derweil der Michel geduldig und gut
Begann zu schlafen und schnarchen,
Und wieder erwachte unter der Hut
Von vierunddreißig Monarchen.

Festgedicht

Beeren-Meyer! Meyer-Beer!
Welch ein Lärm! was ist der Mär?
Willst du wirklich jetzt gebären
Und den Heiland uns bescheren,
Der verheißen, der versprochen?
Kommst du wirklich in die Wochen?
Das ersehnte Meisterstück
Dreizehnjähriger Kolik,
Kommt das Schmerzenskind am End,
Das man Jan von Leiden nennt?

Nein, es ist nicht mehr Erfindung
Der Journale, die Entbindung
Ist vollbracht, sie ist geschehen!
Überstanden sind die Wehen,
Der verehrte Wöchner liegt

Mit verklärtem Angesicht,
In dem angstbetränten Bette.
Eine warme Serviette
Legt ihm Gouin auf den Bauch,
Welcher schlaff wie'n leerer Schlauch. ...
Doch die Kindbettzimmerstille
Unterbricht ein laut Gebrülle
Plötzlich – es erschmettern hell
Die Posaunen, Israel
Ruft mit tausend Stimmen: Heil!
(Unbezahlt zum größten Teil)
Heil dem Meister, der uns teuer!
Heil dem großen Beeren-Meyer!
Heil dem großen Meyer-Beer!
Der, nach Nöten lang und schwer,
Der, nach langen schweren Nöten,
Uns geboren den Propheten!

Aus dem Jubilantenchor
Tritt ein junger Mann hervor,
Der gebürtig ist aus Preußen
Und Herr Brandus ist geheißen.
Sehr bescheiden ist die Miene,
(Ob ihn gleich ein Beduine,
Ein berühmter Rattenfänger,
Sein Musikverlagsvorgänger
Eingeschult in jeden Rummel)
Er ergreifet eine Trummel,
Paukt drauf los im Siegesrausche,
Wie einst Mirjam tat als Mausche
Eine große Schlacht gewann,
Und er hebt zu singen an:

»Genialer Künstlerschweiß
Hat bedächtig, tropfenweis,
Im Behälter sich gesammelt,
Der mit Planken fest verrammelt –
Nun die Schleuse aufgezogen,
Bricht hervor in stolzen Wogen
Das Gewässer – Gottes Wunder!
's ist ein großer Strom jetzunder,
Ja, ein Strom des ersten Ranges,
Wie der Euphrat, wie der Ganges,
Wo an palmigen Gestaden
Elefantenkälber baden –
Wie der Rheinstrom bei Schaffhausen,
Wo Kaskaden schäumen, brausen,
Und Berliner Studiosen
Gaffend stehn, mit feuchten Hosen –
Wie die Weichsel, wo da hausen
Edle Polen und sich lausen,
Singend ihre Heldenleiden
Bei des Ufers Trauerweiden –
Ja, er ist fast wie ein Meer,
Wie das rote, wo das Heer
Pharaonis mußt ersaufen,
Während wir hindurchgelaufen,
Trocknen Fußes, mit der Beute –
Welche Tiefe! welche Breite!
Hier, auf diesem Erdenglobus
Gibt's kein schönres Wasseropus!
Es ist hochsublim poetisch,
Urtitanisch majestätisch,
Groß wie Gott und die Natur,
Und ich hab die Partitur.«

Epilog

zum Loblied auf den
celeberrimo maestro Fiascomo

Die Neger berichten: der König der Tiere,
Der Löwe, wenn er erkrankt ist, kuriere
Sich dadurch, daß er einen Affen zerreißt,
Und ihn mit Haut und Haar verspeist.

Ich bin kein Löwe, ich bin kein König
Der Tiere, doch wollt ich erproben ein wenig
Das Negerrezept – ich schrieb dies Poem,
Und ich befinde mich besser seitdem.

ZEITGENÖSSISCH NICHT GEDRUCKTE GEDICHTE

Diesseits und jenseits des Rheins

Sanftes Rasen, wildes Kosen,
Tändeln mit den glühnden Rosen,
Holde Lüge, süßer Dunst,
Die Veredlung roher Brunst,
Kurz, der Liebe heitre Kunst –
Da seid Meister ihr, Franzosen!

Aber wir verstehn uns baß,
Wir Germanen, auf den Haß.
Aus Gemütes Tiefen quillt er,
Deutscher Haß! Doch riesig schwillt er,
Und mit seinem Gifte füllt er
Schier das Heidelberger Faß.

Lebewohl

Hatte wie ein Pelikan
Dich mit eignem Blut getränket,
Und du hast mir jetzt zum Dank
Gall und Wermut eingeschenket.

Böse war es nicht gemeint,
Und so heiter blieb die Stirne;
Leider mit Vergeßlichkeit
Angefüllt ist dein Gehirne.

Nun leb wohl – Du merkst es kaum,
Daß ich weinend von dir scheide.
Gott erhalte, Törin, dir
Flattersinn und Lebensfreude!

Morphine

Groß ist die Ähnlichkeit der beiden schönen
Jünglingsgestalten, ob der eine gleich
Viel blässer als der andre, auch viel strenger,
Fast möcht ich sagen viel vornehmer aussieht
Als jener andre, welcher mich vertraulich
In seine Arme schloß – Wie lieblich sanft
War dann sein Lächeln und sein Blick wie selig!
Dann mocht es wohl geschehn, daß seines Hauptes
Mohnblumenkranz auch meine Stirn berührte
Und seltsam duftend allen Schmerz verscheuchte
Aus meiner Seel – doch solche Linderung
Sie dauert kurze Zeit, genesen gänzlich
Kann ich nur dann, wenn seine Fackel senkt
Der andre Bruder, der so ernst und bleich. –
Gut ist der Schlaf, der Tod ist besser – freilich
Das beste wäre, nie geboren sein.

HARTE KOST:
HEINES SPÄTE GEDICHTE UND LYRIK AUS DEM NACHLASS

Wenn Heinrich Heines letzte Jahre in den Blick kommen, legen seine Biographen und Interpreten für gewöhnlich eine gewisse Befangenheit an den Tag. Das ist verständlich. Denn Sterblichkeit und Tod gehören als real aufgefaßte und keinesfalls als fiktional behandelte Bereiche nicht eben zu den Lieblingsthemen der Lebenden. Unser Autor jedoch widmet sich am Ende seines Lebens gezwungenermaßen, wenn auch stets neben anderen Gegenständen und Motiven, gerade dieser auf Messers Schneide stehenden oder auf Tod und Leben angelegten Thematik, und zwar mit einer Selbstverständlichkeit und Freiheit, die den Leser hilflos und ratlos macht und den Besucher, wie die Berichte der Zeitgenossen belegen, oft genug irritiert hat. Bei der Leserschaft ist das bis heute teilweise so geblieben. Heines Schriften eignen sich offenbar nicht als Beispiel für die Konsistenz eines Gesamtwerks, dem nahtlos das Verstummen folgt. Seine Vorübungen für die Todesstunde gemahnen eher an Gebräuche der Barockzeit, die freilich ihrerseits bei Heine völlig ins Säkulare gewendet sind, ohne allerdings die Fragen nach letzten Ordnungen auszuklammern.

Die spätesten Gedichte und Prosawerke wecken jedenfalls nach wie vor jenes Unbehagen, wie es den Menschen angesichts der eigenen Hilflosigkeit vor der rettungslosen Behinderung anderer befällt, die dennoch mit uns im Detail über ihre Defizite reden können. So werden die späten Texte gelegentlich wie ein Fremdkörper betrachtet, dessen sich verselbständigendes Eigenleben wie offene Form gleichermaßen frappieren. Heine spricht seinen Leser auch nur allzu deutlich an. Die Eindeutigkeit des physischen Verfalls bleibt nie in der Schwebe. Dennoch sind Appelle an das Mitleid der Umwelt Heines Sache nicht. Höfliche Euphemismen läßt der Dichter nur in den späten Briefen an die Mutter in Hamburg gelten. Ansonsten herrschen Ehrlichkeit ohne Scheu und Bekenntnisse aus subtilster Selbstbeobachtung. Das betrifft die körperlichen Reaktionen genauso wie die seelischen Expeditionen. Seinem Arztbruder Maximilian schreibt er am 12. September 1848 in aller nur denkbaren schonungslosen Derbheit: »Dieser lebendige Tod, dieses Unleben ist nicht zu ertragen, wenn sich noch Schmerzen dazu gesellen. [...] meine Lippen sind gelähmt wie meine Füße, auch die Eßwerkzeuge sind gelähmt ebensosehr wie die Absonderungskanäle. Ich kann weder kauen noch kacken, werde wie ein Vogel gefüttert. Dieses Unleben ist nicht zu ertragen.« Die auf kleinem Raum zweifache Verwendung des Wortes »Unleben« für die unerträgliche Aussichtslosigkeit des Krankheitsbefundes macht die rettungslose Situation des Dichters deutlich. Seinen Zustand beschreibt er in einem Brief vom 7. Februar 1850 an Heinrich Laube als »V e r z w e i f l u n g d e s L e i b e s«, woran sich die Bemerkung über seine sogenannte Bekehrung anschließt, die freilich ebenfalls der deftigen negativen Umkehrung jeglicher Gottesfurcht in Richtung Gotteslästerung nicht entbehrt. Überhaupt spielt der Text mit den Möglichkeiten der Umgangssprache und ihren Bezügen auf eine religiöse Substruktur: »Gottlob, daß ich jetzt wieder einen Gott habe, da kann ich mir doch im Uebermaaße des Schmerzes einige fluchende Gotteslästerungen erlauben; dem Atheisten ist eine solche Labung nicht vergönnt.« Das ist ein burschikoser Familienton, keineswegs eine spitzfindige metaphysische Bekehrung. Diesem Ton entspricht das Nachlaßgedicht »Unbequemer neuer Glauben!«, das damit endet, daß man uns »Nicht zum Lieben, nein, zum Hassen« den Herrgott lassen solle: »Weil man sonst nicht fluchen könnt – / Himmel – Herrgott – Sakrament!«

Offensichtlich wurde vor allem in der Vergangenheit, wie die Heinesche Rezeptionsgeschichte zeigt, ein solcher unbefangener, respektloser und direkter Umgang mit dem eigenen Tod als Tabubruch verstanden, der die Privatsphäre verletzte und durch den man teilweise peinlich berührt war. Ohne Zweifel dient uns im üblichen, gesund überschaubaren Leben zwar sämtliche Literatur als Mittel für eine mögliche Form der Bewußtseinserweiterung und als Korrektiv eigener Erfahrungen. Trotzdem möchte man Distanz wahren und mit bestimmten Bezirken, zumal wenn sie das menschliche Ende und die damit verknüpfte Problematik betreffen, nicht ungefragt oder direkt konfrontiert werden. Und falls das in der Literatur geschieht, dann nicht ohne poetische, artifizielle Verschleierung. Für all diese tiefenpsychologischen Vorsichtsmaßnahmen aus Berührungsängsten hat der späte Heine stets ein ebenso unbefangenes wie untheatralisches, wenn auch mit allen Traditionen der Kostümierung vertrautes Gegenmittel parat: die durch Stil, Rhythmus oder Reim bewältigte Beschwörung der eigenen Sachlage, ihrer ungelösten Probleme und meditativen Abgründe.

Denn ist es für das Publikum nicht tatsächlich eine Zumutung, die Ideen und Phantasmen eines wider eigenes Erwarten immer noch unter den Menschen sich aufhaltenden, ursprünglich den Rechten des Lebens selbstbewußt zugewandten Dichters nunmehr als Botschaft eines bejammernswerten Sterbenden annehmen zu sollen, der erstaunlicherweise dieses Selbstbewußtsein behalten und sogar verstärkt hat? Ist es weiterhin nicht paradox, sich mitten im hektischen Alltag gemäß der Selbstcharakteristik des Schriftstellers mit unbegrabenen Leichen abgeben zu müssen oder mit der Art und Weise, wie Heine sich selbst in einem durch Morphium betäubten Zustand und in einer vagen Zwischenwelt seines Überlebens vergewissert und seine Leser an die Schwelle des erwarteten, ja herbeigesehnten Todes führt? In seinen »Gedichten. 1853 und 1854« heißt es im zweiten Gedicht des »Lazarus«-Zyklus im Sinne solcher Grenzerfahrung, die wie nach innen gesprochen, aber für die Außenwelt notiert wirkt:

Mein Leib ist jetzt ein Leichnam, worin
Der Geist ist eingekerkert –
Manchmal wird ihm unwirsch zu Sinn,
Er tobt und rast und berserkert.

Der Körper wurde und wird in vielen Epochen und Kulturen als Gefäß der Seele und des Geistes angesehen, durchaus auch als deren Kerker bis zur endgültigen religiösen Befreiung durch den Tod. Hier aber fällt die anachronistische Erfahrung einer veränderten wie verschobenen, ins Ungleichgewicht geratenen Zeit ins Gewicht. Während vorher dem Körper und dem zugehörigen Geist ein gemeinsames freies und geordnetes Leben möglich war, ist jetzt nur noch der Geist lebendig und revoltiert gegen die tote Hülle. Von ähnlich neuropathologischer Einsicht sind die Zeilen aus dem folgenden Gedicht über die »Zeit, die schauderhafte Schnecke« und die eigene poetische Arbeit geprägt, in dem Realitätssinn, Einbildung und Todesgrenze verwischt werden:

Vielleicht bin ich gestorben längst;
Es sind vielleicht nur Spukgestalten
Die Phantasieen, die des Nachts
Im Hirn den bunten Umzug halten.

Diese Meldung vom »Schädel eines toten Dichters« als »Tummelplatz« für »Gespenster«, die ihrerseits der Herkunft nach »Altheidnisch göttlichen Gelichters« sind, wie es in der folgenden Strophe heißt, ist wahrhaftig harte Kost, verkündet den aus Not erfolgten Rückfall des Geistes in den Paganismus und geht über jede noch so schaurige Erfindung von Särgen, Gräbern und Friedhöfen innerhalb der schwarzen Romantik, an der der junge Heine während seiner lyrischen Anfänge von den »Traumbildern« bis zum »Lyrischen Intermezzo« durchaus reichsten Anteil hatte, weit hinaus.

Dort, in der aus Phantasie und Wortspielen erschaffenen schwarzen Romantik, spricht der lebendige, jugendliche Dichter von Phantasmagorien, verquickt Todesmotivik und Erotik auf unentwirrbare Weise, widersteht beispielsweise mitsamt der Geliebten sogar der Posaune am Jüngsten Tag, ist sich seines eigenen literarischen Spiels aber gewiß. Es handelt sich um willentliche und gewollte Bilder und Vorstellungen als Variationen der Liebessprache:

Mein süßes Lieb, wenn du im Grab,
Im dunkeln Grab wirst liegen,
Dann will ich steigen zu dir hinab,
Und will mich an dich schmiegen.

Ich küsse, umschlinge und presse dich wild,
Du Stille, du Kalte, du Bleiche!
Ich jauchze, ich zittre, ich weine mild,
Ich werde selber zur Leiche.

Die Toten stehn auf, die Mitternacht ruft,
Sie tanzen im luftigen Schwarme;
Wir beide bleiben in der Gruft,
Ich liege in deinem Arme.

Die Toten stehn auf, der Tag des Gerichts
Ruft sie zu Qual und Vergnügen;
Wir beide bekümmern uns um nichts,
Und bleiben umschlungen liegen.

Der späte Heine spielt dagegen nicht mehr mit Todessehnsüchten und Liebesvorstellungen. Die Zeit der Attrappen und lyrischen Ausflüchte ist vorüber. Ihm ist es jetzt ernst mit der Beschreibung seiner realen, lang anhaltenden Erfahrungen eines trotzdem baldigen, unentrinnbaren Todes und der gleichzeitig damit einhergehenden endgültigen Korrektur wie Redaktion seines früher bereits niedergelegten deutschen und französischen Werks als Vermächtnis an die Nachwelt. Zwar übernimmt er, um sein Leben und dessen Ende zu bewältigen, die Figuration des armen Bettlers Lazarus aus der biblischen Beispielerzählung beziehungsweise des von Jesus auferweckten gleichnamigen Freundes aus dem Evangelium und praktiziert damit zum besseren Selbstverständnis und als Deutungshilfe seiner Existenz für die Leserschaft eine stets geübte Kunst, unterschiedlichste Rollen annehmen und deren Verinnerlichung leisten zu können. Nur ist ihm im, übrigens gar nicht so hohen Alter seine poetische Imagination um die mehr als betrübliche Erfahrung von Schmerz und Leid, von gerade noch leben und bereits tot sein, bereichert oder, so muß man gerechterweise sagen, beschwert worden. Aber auch eine solche Existenzform wird von Heine, ohne ihn durch diese Charakteristik auf hagiographische Weise feiern zu wollen, was auch eine Form der Bewältigung von Berührungsängsten wäre, souverän akzeptiert und gestaltet. Liebe und Tod werden in den letzten Jahren nicht mehr als literarisch nützliche Korrelation erfunden und empfunden, sondern trotz und in allen physischen Mängeln als sich gegenseitig bedingende Voraussetzungen der Existenz erlebt. Für diese neue Kunst sind die späten Gedichte, die seine Frau Mathilde nennen, besonders aber auch die für seine junge Freundin Elise Krinitz, seine so genannte ›Mouche‹, Exempel, jedoch auch die Altersprosa, wie er sie in seinem postumen Memoiren-Fragment niederschrieb.

Unsere Betrachtungen über Heines Spätzeit sollen die vom Autor eingenommene humoristische Ernsthaftigkeit wie spaßhafte Melancholie in ihrer jeweiligen Vielfalt begreiflich zu machen versuchen. Heines letzte Lebensjahre sind besonders gut belegt. Krankheit und Tod wurden zu öffentlichen Geschehnissen, deren leidvolle Anstrengungen gleichzeitig zu mancherlei Überforderung für Freunde und Verwandte führte. Die Ausweglosigkeit und die Schmerzattacken brachten den Dichter oft genug an den Rand der Verzweiflung. Der stoische Mut und die Überwindung jeglicher Selbstmordphantasie zeigen den gewissermaßen experimentierfreudigen Erforscher des eigenen Durchhaltewillens, der sich zur selben Zeit den Hoffnungen und der Anhänglichkeit von Mutter, Schwester und Ehefrau verpflichtet weiß. Seine Lebensphasen, deren letzte den Ausgangspunkt für unsere Beobachtungen bildet, sind sämtlich zu beurteilen als vereinte Extreme, genauso aber auch als extreme Vereinigungen. Die Spätzeit besitzt dabei durch die Torturen der Krankheit, die erzwungene Rücksichtnahme auf diese physische wie psychische Verfaßtheit durch den Dichter selbst und die damit einhergehenden Reaktivierungen religiöser Vorstellungen ihre eigenen speziellen Bedingungen, als deren Folge und Resümee sich manche variablen Einsichten und verblüffenden Betrachtungen ergeben haben, unter denen sich der Tod und die Letzten Dinge als Motor und Horizont besonders eindrucksvoll hervorheben. Gleichwohl sind die ihn immer bewegenden Themen aus Politik und sozialem Leben nicht ausgespart. Einem Publikum, das sich beispielsweise der späten Lyrik und den Gedichten aus dem Nachlaß zuwendet, wird gerade über die Schärfe und Genauigkeit überrascht sein, mit denen das private Elend und die vorausgehenden oder gleichzeitigen politisch-sozialen Verhältnisse in den Blick genommen und ins Wort gebracht werden. Gerade auch bei den Hieben gegen den bayrischen sowohl wie den preußischen König, die gnadenlos der Lächerlichkeit preisgegeben sind, handelt es sich um eine harte Kost. Personalsatire und souveräne Desillusionierung der Ständewelt sind aufs engste miteinander verknüpft. Beide gehen über eine in die Brust geworfene soziale Anteilnahme am Los der Schwachen und Entrechteten, wie sie die zeitgenössischen Tendenzdichter Ferdinand Freiligrath oder Georg Herwegh in durchaus redlicher Absicht ausgezeichnet hat, weit hinaus. Heines Behandlung sozialer und politischer Stoffe zeigen ihn bis in die Spätzeit als Meister unmittelbarer Skepsis gegenüber allen feudalen Versprechungen und traditionellen Taktiken zur öffentlichen Beruhigung. Insofern hat der Dichter der »Reisebilder«, der »Zeitgedichte« aus den »Neuen Gedichten« und des Versepos »Deutschland. Ein Wintermärchen« seine kritische Fähigkeit bis zuletzt bewahrt, ja sogar noch gesteigert. Die Ironie geht in Satire und Sarkasmus über. Den Gedichten fehlt es gleichzeitig jedoch nicht an echter Empörung und prophetischer Mahnung. Seine damals staatsgefährdenden Strophen über das Elend der schlesischen Weber aus dem hochpolitischen Jahre 1844 intonieren geradezu erst die Erkenntnisse aus jener in den 50er Jahren entstandenen Fabel von den »Wanderratten«, die die bisherige Ordnung unterminieren und für die bürgerliche Gesellschaft den Garaus bedeuten. Der Autor der Fabel von den »Wahl-Eseln« stellt beispielsweise unter Beweis, daß dem leidenden und sterbenden deutschen Dichter im französischen Exil die Zusammenhänge eines Nationalismus aus Dummheit und Arroganz weiterhin quälend vor Augen stehen. Heine vollzieht in der Dichtung bis zum Schluß die von ihm stets so ernst wie spielerisch behauptete Parallelität der privaten Lebenserfahrung mit dem offiziellen Weltlauf. Individuum und Gesellschaft sind auf Gedeih und Verderb aneinandergekoppelt. Dem Dichter obliegt der notwendige Widerstand, und zwar durch seine Botschaften aus Erkenntnis und Ästhetik. Der kranke Autor in Paris gehört zweifellos zu den großen Mustern für eine vernehmbare Stimme als Kommentar zu den aus Zwang und Freiheit gewebten humanen Bedingungen. Der Heinesche Rückzug in die erzwungene Einsamkeit hat gewissermaßen die bissigen politischen Dichtungen noch im Gepäck und bedeutet keinesfalls einen Abschied von der Fülle eines so turbulenten wie tückischen Lebens oder eine ebenso klaglos akzeptierte wie leidvoll durchwachte Innerlichkeit.

Die Leistung und der Zauber des menschlichen und dichterischen Lebensganges Heines bestehen gerade in der Einheit in der Vielfalt, in der Komposition noch so sehr einander widersprechender Einzelheiten, Bedingungen und Lösungen zu jenen bis heute faszinierenden Lebensphasen. Was der Autor im Verein mit seinem Verleger Julius Campe sein Leben lang im Hinblick auf die Werke mit ihren größeren Ordnungen und kleineren Zyklen zu vollbringen versuchte, wird man auch für die eigene Lebensführung (und nicht nur für deren strategische Vermittlung durch die Presse) konstatieren dürfen: Heine gestaltet seine Existenz als ein Kunstwerk der Moderne, in der die Klassik und Romantik transzendiert, das Junge Deutschland und der Vormärz internalisiert und die Bezirke eines phantastischen Realismus und des Symbolismus erreicht werden; der freie Schriftsteller wird zum Abbild zeitgenössischer Verflechtungen von sozialem, politischem und kulturellem Leben, hat Traditionen bewußt fortgeführt, variiert und gleichzeitig zugunsten einer menschlicheren Zukunft überwunden. Dabei sind verschiedene Ordnungskriterien möglich. Einmal ergibt sich die auf der Hand liegende chronologisch-biographische Gliederung: literarische Vorbereitungsphase von 1797 bis 1819; frühe Autorschaft als Student von 1819 bis 1825; erster Schriftstellerruhm durch die »Reisebilder« und das »Buch der Lieder« von 1826 bis 1831; erste französische Zeit von 1831 bis zum Verbot des Jungen Deutschland im Dezember 1835; zweite französische Phase bis zur Denkschrift über Ludwig Börne von 1836 bis 1840; Höhepunkt der politischen Wirkung mit den beiden Reisen nach Deutschland (1843/44) von 1841 bis 1844; Jahre vor dem endgültigen Ausbruch der Krankheit von 1845 bis 1848; letzte Jahre oder ›Matratzengruft‹ von 1848 bis 1856. Andere Gliederungen wären vor allem innerhalb der französischen Zeit nach Werkkomplexen anzulegen. Bereits in den Buch- und Einzeltiteln erweist sich Heine als ein Medium für das Zeitgeschehen und dessen adäquate Reflexion.

Die jahrzehntelangen Debatten um die Heine-Biographie, die alle methodischen Spektren von der positivistischen Datenhuberei bis zur psychologischen und medizinischen Bestandsaufnahme, selbstverständlich auch die auf Werkstruktur und situative Beschaffenheit gerichteten Untersuchungen literaturwissenschaftlicher Provenienz beinhalten, haben unzweifelhaft großartige Leistungen vollbracht, ohne das Geheimnis vor allem der Spätzeit gänzlich zu lüften. Dieses Geheimnis ließ sich stets mit Respekt anerkennen und beschreiben, wobei sämtliche Lösungsversuche einen Rest von Vorläufigkeit oder Unvollständigkeit behielten und auch in Zukunft behalten werden. Mit anderen Worten: Auch ein endlich gefundenes oder mit größerer Plausibilität erschlossenes Geburtsdatum, auch die endgültige Todesursache wären für Anfang und Ende des Dichterlebens nicht der Weisheit letzter Schluß. Denn die Elemente der Heineschen Voraussetzungen und Entscheidungen leben gerade von ihrer Widersprüchlichkeit, ihren Rätseln und Unbestimmtheiten. Die bisherige Not mit gelegentlich zweifelhaften Fakten hat sich zum Sinnbild für die Heinesche Lebenswelt entwickelt, die sich dem Betrachter immer wieder entzieht. Sie führt ihr Eigenleben vor allem auch in den späten Äußerungen des Dichters. Seine Stimme aus der ›Matratzengruft‹ (so die eigene Formulierung aus dem Nachwort seiner letzten eigenständig erschienenen Gedichtsammlung »Romanzero« von 1851) gilt es besser und intensiver zu hören, als das bislang der Fall gewesen ist. Für die Erkenntnis der europäischen Situation seiner Zeit, aber auch für manche internationalen Rezeptionsvorlieben, in denen ganz offensichtlich ein Sieg des jungen lyrischen und kämpferischen Heine über den problematischen älteren Dichter beobachtet werden kann, wäre eine Menge gewonnen. Damit soll nicht unterstellt werden, daß die teilweisen Nachlaßwerke und letzten Urteile und Worte Heines unterschlagen worden wären. Ihre Bedeutung wurde jedoch zweifellos vernachlässigt, als stünden sie neben oder hinter dem tradierten Heine-Bild wie durch einen Vorhang aus Respekt vor der Privatheit oder Furcht vor unerwarteten Widerrufen oder angeblichen Widersprüchen verborgen.

Bei einer solchen gerade skizzierten neuen Sicht der Heineschen Person und seines Werkes wird sich erweisen, daß er nicht nur ein Mann mit sämtlichen Jahreszeiten von eigenem Werte ist, sondern auch, im Hinblick auf seine Leser, für sämtliche Jahreszeiten seines Publikums Anregungen und Antworten parat hat. Darin gleicht er durchaus der von ihm selbst gemachten Beobachtung in bezug auf den »Don Quixote« von Cervantes, der mit jeweils wechselnder Distanz oder eigenständigem Gewinn zu den verschiedensten Zeiten im Leben seiner Leser rezipiert zu werden vermag. Heine fragt sich in der von ihm verfaßten Einleitung zu dem spanischen Roman angesichts der »Bewunderung« als jugendlicher Leser für Don Quixote und seine augenblickliche Position, und diese Frage betrifft gleichzeitig das Problem temporärer wie inhaltlicher Differenzen in seiner eigenen Biographie: »Ist mein Herz die ganze Zeit über stabil geblieben, oder ist es, nach einem wunderbaren Kreislauf, zu den Gefühlen der Kindheit zurückgekehrt? Das letztere mag wohl der Fall sein: denn ich erinnere mich, daß ich in jedem Lustrum meines Lebens den Don Quixote mit abwechselnd verschiedenartigen Empfindungen gelesen habe. Als ich ins Jünglingsalter emporblühte [...]: da war mir der Don Quixote ein sehr unerquickliches Buch [...]. Späterhin, als ich zum Manne heranreifte, versöhnte ich mich schon einigermaßen mit Dulcineas unglücklichem Kämpen, und ich fing schon an über ihn zu lachen. Der Kerl ist ein Narr, sagte ich. Doch sonderbarerweise, auf allen meinen Lebensfahrten verfolgten mich die Schattenbilder des dürren Ritters und seines fetten Knappen, namentlich wenn ich an einen bedenklichen Scheideweg gelangte.« Die Heinesche Frage nach der sich alle fünf Jahre wandelnden, kreisförmigen Einschätzung desselben Buches betrifft im übertragenen Sinn gewiß auch die Wertung des Heineschen Spätwerks, das möglicherweise erst lange nach seinem Erscheinen und gerade auch in seinen Nachlaßteilen partiell erst in unserer Gegenwart den Nerv einer Leserschaft zu treffen vermag.

Es ist ein gewaltiger Unterschied, ob der Flaneur Heine bewußt die Straßen von Paris durchschlendert, dadurch »Berichte über Politik, Kunst und Volksleben« kreiert, wie der Untertitel der 1854 überarbeitet erschienenen Artikel für die Augsburger »Allgemeine Zeitung« mit dem Titel »Lutezia« lautet, oder ob er die französische Hauptstadt nur in Ausschnitten und sehr gelegentlich vom Fenster seiner Krankenstube aus betrachten kann. Die Perspektive hat sich in der Tat wesentlich verändert. Die Welt ist nach innen gewandert. Ihre Aufnahme verlangt nach Vermittlern, Berichten, Erzählungen, Zeitschriften und Büchern. Nicht umsonst nimmt die Heinesche Gewohnheit die eigentümlichste Gestalt an, sich in Paris mit Büchern aus den Hamburger Leihbüchereien versorgen zu lassen, die man ihm dann vorlesen muß. Damit klafft die erfundene, auf deutsch wahrgenommene Welt noch mehr von der rein französischen Ausdrucksweise im Umgang mit seiner Frau und dem Personal auseinander. Der Autor, der sich etwas darauf zugute halten konnte, europäische Gegensätze und Unterschiede vermittelt und versöhnt zu haben, muß nunmehr in Kauf nehmen, daß seine Krankheit die schizophrenen Risse und Brüche eines mehrfältigen kulturellen Umfelds zementiert. Er liegt als deutscher Dichter, der sich ausdrücklich so versteht, auf einem französischen Krankenlager. Auch darum mögen zum ersten Mal Rückkehrpläne nach Hamburg in den Schoß der Familie wieder aufgetreten sein, könnte ein Heimweh ihn angeweht haben, dem er beispielsweise in seinem letzten der »Zeitgedichte« aus den »Neuen Gedichten« von 1844, den berühmten Zeilen »Nachtgedanken«, noch den Laufpaß gegeben hatte, obwohl er nach zwölfjähriger Abwesenheit von der Heimat die Liebe zur Mutter beschwört, aber aufgrund der politischen Verhältnisse und der heiteren französischen Frau sich eindeutig gegen die »deutschen Sorgen« und für den französischen »Morgen« mit seiner Schönheit entscheidet.

Diese Absonderung vom Pariser Leben durch eine achtjährige Reduktion sämtlicher Lebensvollzüge, die nunmehr ganz von Medizin und Ärzten, von Pflegerinnen, Sekretärsdiensten und der guten Laune der Ehefrau bestimmt wurden, schlägt sich selbstverständlich auch im Werk nieder. Offenbar war die Schwere des körperlichen Verfalls selbst für den deutschen Verleger Julius Campe, der ihn noch in den Jahren 1843 und 1844 in Hamburg gesehen hatte, derart unvorstellbar, daß er die Heineschen Unerträglichkeiten und Verdächtigungen nicht auf das Konto der Krankheit und Verlassenheit schieben mochte, sondern erst vom Augenschein erschüttert und zur Versöhnung bereit war. Seine Einschätzung der unberechenbaren Hausfrau und der Arbeitsleistung des kranken Dichters ist bereits am 20. April 1855, wie sein Brief aus Paris an seine Frau in Hamburg zeigt, zutiefst pessimistisch: Frau Heine habe ihn morgens angeblich noch nicht empfangen können. »Und doch hatte diese dicke wabbelige Person, fast im Hemde nur mit einem dünnen Ueberwurf, einem Sacke gleich, halbe Tage lang, ab- und zugehend, sich neben mir bewegt.« Er mußte sich an die Freundin des Hauses, Mademoiselle Pauline, halten, und als er Heines Porträt »entrollte«, von dem er drei Exemplare mitgebracht hatte, »kamen noch drei weibliche dienstbare Geister dazu – es begann ein langes Geschnattere, Vergleich, wie er vor 3 Jahr[en] ausgesehen und wie *ietzt*!« Die anschließende Charakteristik Heines ist präzise und offenbar zutreffend: »Sein *Geist* und *Lebensmuth*, ist derselbe. Aber die *Person*, die hat zum Erschrecken abgenommen! So wie er da liegt, geht es nicht lange mehr weiter – .« Die schriftstellerische Produktion des Dichters in Paris muß man sich demgemäß zweifellos eher in einem Horrorszenario vorstellen als in einer bettlägerigen Idylle.

Die Behandlungsmethoden standen dabei den natürlichen Schmerzen in nichts nach. Das zeigt sich ebenfalls in der Krankengeschichte des Komponisten Robert Schumann, der im selben Jahre gestorben ist wie Heine. Heines Gedichte »Wenn sich die Blutegel vollgesogen« oder »Laß mich mit glühnden Zangen kneipen« sprechen ihre metaphorische und symbolistische Sprache aus wirklicher Erfahrung. Daß dabei die Stabilität des Herzens ins Wanken geraten konnte, ist nur allzu verständlich. Über die Krankengeschichte Heines als Voraussetzung seines Schaffens wurde im übrigen kontinuierlich schon seit seinen Lebzeiten publiziert. Auch der junge Autor bereits, der die Pose liebte, war nicht als kerngesund zu betrachten. Die Überweisung an die Medizin, die er den in seiner »Romantischen Schule« von 1836 besprochenen Dichtern E. T. A. Hoffmann und Novalis zukommen läßt, weil »ihre Poesie eigentlich eine Krankheit war«, und seine dortige Vermutung, daß »die Poesie vielleicht selbst eine Krankheit des Menschen« sei, »wie die Perle eigentlich nur der Krankheitsstoff ist, woran das arme Austertier leidet«, geht einher mit den solidarischen Fragen: »Aber haben wir ein Recht zu solchen Bemerkungen, wir, die wir nicht allzu sehr mit Gesundheit gesegnet sind? Und gar jetzt, wo die Literatur wie ein großes Lazarett aussieht?« Jedoch sämtliche Kopfschmerzen, Migränen, Hypochondrien und gesundheitlichen Probleme, denen der Autor durch regelmäßige Kuren am Meer sowohl in seiner deutschen wie französischen Zeit beizukommen versuchte, waren Kinderspiele gegenüber dem schließlich niederschmetternden Endzustand, aus dem es kein Entrinnen und für den es keine Besserung gab. Die faktischen Schmerzen waren mit den erfundenen Leiden nicht mehr zu vergleichen. Für ihre Darstellung bedurfte es darum auch neuer sprachlicher Ausdrucksmittel.

Ob Heine nun an den Spätfolgen der Syphilis, an der tuberkulösen Meningitis oder der amyathrophischen Lateralsklerose gestorben ist, sämtliche Krankheitsbilder und -folgen wären gleichermaßen schrecklich gewesen. Fest steht: Die Schmerzen waren unerträglich, die Behandlungsmethoden grausam, die Einsamkeit quälend, die Abhängigkeit von Pflege und Fürsorge unerläßlich. Letzter Auslöser für den Tod mag in der Tat die Überdosierung des Schmerzmittels, also ein Morphiumabusus, gewesen sein. Die Streitereien über die Heinesche Krankheit sind jedenfalls müßig und gehören, was eine mögliche Ansteckung angeht, ins Gebiet einer ziemlich vagen Moral. Er selber entnahm ihr allerdings jenes Bewußtsein von Minnespiel und Minneleid, das an die Vorstellungen des »Buches der Lieder« und des Auftakts des »Heimkehr«-Zyklus oder an die »Tannhäuser«-Legende aus den »Elementargeistern« wie »Neuen Gedichten« anknüpft und die Loreley oder Frau Venus für seinen Untergang verantwortlich macht. Daher rührt chronologisch die Abschiedsszene von der Venus von Milo im Louvre, wie Heine sie für den Mai 1848 im »Nachwort zum Romanzero« schildert, wobei die Marmorgöttin ihn auf den persönlichen Gott verweist, der Arme hat und zu helfen vermag, was die Hauptsache sei. Gleichzeitig wird die private gesundheitliche Katastrophe, wie Heine es immer wieder auch früher mit anderen individuellen Fakten und welthistorischen Ereignissen gemacht hat, parallel gesetzt mit der von ihm negativ eingeschätzten Februarrevolution von 1848. Es konnte öffentlich für das Ganze nichts Gutes dabei herauskommen, und der einzelne blieb privat auf der Strecke, vor allem jedoch, wenn es sich um unseren Dichter mit seinen stets für alle geübten Stellvertreterfunktionen handelt. Übrig bleibt jetzt allein die »schwarze Frau«, die bei ihm auch als »Frau Sorge« oder »Frau Unglück« vorkommt, ihn ans Herz drückt, ihm als verschlüsselte Botschaft für die von Heine geglaubte venerische Krankheit das Rückenmark aussaugt und schließlich dem Dichter den Todeskuß aufdrückt. Die vier Strophen des zweiten »Lazarus«-Gedichts aus den »Gedichten. 1853 und 1854«, deren dritte Strophe oben bereits herangezogen wurde, lautet nämlich in Gänze folgendermaßen

Es hatte mein Haupt die schwarze Frau
Zärtlich ans Herz geschlossen;
Ach! Meine Haare wurden grau,
Wo ihre Tränen geflossen.

Sie küßte mich lahm, sie küßte mich krank,
Sie küßte mir blind die Augen;
Das Mark aus meinem Rückgrat trank
Ihr Mund mit wildem Saugen.

Mein Leib ist jetzt ein Leichnam, worin
Der Geist ist eingekerkert –
Manchmal wird ihm unwirsch zu Sinn,
Er tobt und rast und berserkert.

Ohnmächtige Flüche! Dein schlimmster Fluch
Wird keine Fliege töten.
Ertrage die Schickung, und versuch
Gelinde zu flennen, zu beten.

Diesem Vampirismus aus Liebe und Mitleid ist der Autor machtlos ausgeliefert. Blindheit und ein mangelndes Rückgrat sind keine Voraussetzungen mehr für ein sinnvolles Überleben. Er kann der Veränderung seiner Umstände nur Figurationen entgegensetzen, die das eigene Bewußtsein erweitern und stärken. Seine Rolle als Lazarus wurde bereits genannt. Andere Figuren sind ebenfalls als autobiographisches Muster verwendet worden: Merlin oder Juan Ponce de León. Der eine ist ein mittelalterlicher Dichter und Zauberer aus dem altbritischen Sagenkreis, dessen Figur, ähnlich wie die Lazarus-Gestalt, mehrere Historienstränge in sich vereinigt, teilweise aus dem Umfeld von König Artus stammt und durch Einsamkeit, Liebesverwirrung, Teufels- wie Gralsnähe den späten Mystifikationen Heines sehr entgegenkommt. Beim anderen handelt es sich um einen Konquistador der frühen Neuzeit, der bei den Entdeckungsfahrten in der Neuen Welt die Zauberinsel Bimini sucht. Heine greift hoch. Wer aber hätte Papst werden können, wie er es in den »Geständnissen« von 1854 imaginiert, vermag sich auch eine Kollegialität und Leidensgenossenschaft aus der Bibel, der magischen Literatur- und Sagengeschichte und der Historie von abenteuerlichen Eroberungen der neuen Welt auszuwählen. Hier werden gleichzeitig ohne sektiererische Ansprüche auf eine Lesergefolgschaft in individueller oder subjektiver Weise religiöse Vorstellungen reaktiviert, die mit der jüdischen Herkunft in Glauben und Überlieferung, mit der christlichen Tradition und den von ihm anerkannten abendländischen Umfeld übereinstimmen, die aber von ihm erstaunlicherweise mehr zitiert als verkündet werden. Insofern bleibt der Begriff von einer Konversion oder Bekehrung mehr als fraglich. Eher erscheint als sprachliche Variante der früher bereits vorgeschlagene Begriff einer ›theologischen Revision in der Spätzeit‹ der Sachlage angemessen, wobei gewiß auch das religiöse Moment betont werden dürfte. Denn folgern kann man bei Heine eventuell neben aller religionskritischen Neigung und religionswissenschaftlichen Bemühung eine gewisse mystische Begabung mit einem Hang zur negativen Theologie, wodurch ihm das dialogische Prinzip als Streitgespräch mit dem Gott der Väter ermöglicht wird. Gleichzeitig ist damit zweifellos tiefenpsychologisch die Verbindung zum eigenen Vater als prinzipiell positiv erneuert worden und die zum Onkel Salomon Heine als irreversibel negativ erschienen. Beide zählten längst zu den Toten. Aber der Totenkult als Erinnerungsarbeit kann schon beim jungen

Heine als eine bewundernswerte Schicht der zumal autobiographischen Beschreibung und Bewältigung sämtlicher Existenzprobleme verzeichnet werden.

Zu den selten wahrgenommenen Gedichten gehören die 18 späten Strophen »Am Himmel Sonne Mond und Stern«, die uns ebenfalls wie eine private Variante zu seinen Testamenten, nämlich ein deutscher Entwurf zur rechtsgültigen Fassung seines französischsprachigen Testaments vom 13. November 1851, einige fromme Nüsse zu knacken geben. Nur ist hier die religiös oder theologisch zu nennende Perspektive des Heineschen Gebets aus dem privaten Testament anthropologisch gewendet. Die ersten drei Strophen seien zitiert, um den eigentümlichen, unerwarteten Ton anklingen zu lassen, der dennoch die Heinesche Herkunft nicht verleugnet:

Am Himmel Sonne Mond und Stern
Sie zeugen von der Macht des Herrn
Und schaut des Frommen Aug nach oben
Den Schöpfer wird er preisen, loben.

Ich brauche nicht so hoch zu gaffen,
Auf Erden schon find ich genung
Kunstwerke welche Gott erschaffen
Die würdig der Bewunderung.

Ja, lieben Leute erdenwärts
Senkt sich bescheidentlich mein Blick
Und findet hier das Meisterstück
Der Schöpfung: unser Menschenherz.

Zwar setzt der Dichter voraus, daß bei Betrachtung des Sternenzelts gewissermaßen die grandiose Schöpfungsgeschichte im Hintergrund steht, schränkt diese Erfahrung aber auf die »Frommen« ein, während er selbst mit den irdischen, menschlichen Gegebenheiten schon hinlänglich für seine Weise der Bewunderung Gottes zurechtkommt. Heines Desillusionierungstechnik schafft sich also auch an dieser Stelle Bahn. Schwärmerei und erhabene Gefühle sind seine Botschaft nicht. Er braucht nicht zu »gaffen«, um die großen Erlebnisse außerhalb seiner selbst und der eigenen Erfahrungswelt zu suchen, sondern beschränkt sich auf das Herz des Menschen mit seinen Höhen und Tiefen, Abgründen und Schönheiten. Seine Argumentation, so weich und freundlich sie den Charaker eines frommen Liedes anzunehmen scheint, entspricht daher ganz der radikalen, säkularisierten Forderung am Anfang des Versepos »Deutschland. Ein Wintermärchen« aus dem hochpolitischen Jahr 1844:

Ein neues Lied, ein besseres Lied,
O Freunde, will ich Euch dichten!
Wir wollen hier auf Erden schon
Das Himmelreich errichten.

Die neue Botschaft mündet schließlich in jene oft bis heute als blasphemisch empfundene Folgerung:

Ja, Zuckererbsen für jedermann,
Sobald die Schoten platzen!
Den Himmel überlassen wir
Den Engeln und den Spatzen.

Der Himmel auf Erden bleibt Heines Thema also bis zuletzt. Ein solcher ist immer einer der Gerechtigkeit und des sozialen Friedens. Deshalb ist der Dichter bis in die letzten Tage hinein am Industrialismus interessiert und an den gesellschaftlichen Parteiungen, die sich unter anderem im entstehenden Kommunismus neue Gestalt geben, dessen Zukunft Heine gleichermaßen mit Sympathie und Schrecken heraufziehen sah. Die Beschreibung des menschlichen Herzens als »Welt in Miniatur« mit den gewaltigsten Naturschauspielen, Jahreszeiten, »verlornem Glück« und Liebe setzt nach den zitierten ersten drei Strophen ein und endet erst nach weiteren elf Strophen. Diesen folgt dann ein freilich unironisch klingender Schluß in vier Strophen. Er ist den Psalmen verwandt, auf die er sich auch ausdrücklich bezieht, verwendet liturgische Sprachelemente, spielt auf die biblische Erschaffung sowie auf die griechische Mythologie an, die abgewiesen wird, und endet im hymnischen »Halleluja!«. Das Gedicht enthält am Schluß, der zwar zugunsten der Tradition Davids ausfällt, dennoch jene Ambivalenz (ein Zauberwort, mit dem stets und ständig die unlösbaren Probleme bei Heine umschrieben werden!), wie sie auch im großen Gedicht für die Mouche »Es träumte mir von einer Sommernacht« ausgedrückt wird: der Kampf zwischen jüdisch-christlicher und hellenischer Kultur, die Auseinandersetzung zwischen Nazarenertum, wie Heine den religiösen Asketismus verstand, und der emanzipativen griechisch-mythologischen Linie der Befreiung des Leibes, als deren Opfer sich Heine allerdings fühlen konnte und wollte. Wenn wir Heine auch eine sozusagen jubelnde Unterwerfung unter den göttlichen Schöpfungswillen aufgrund dieses Lobpreises zubilligen können, muß uns bewußt bleiben, daß solche Schlußverse die positive Übung darstellen, die dem obigen Fluche, allerdings gleichberechtigt, an die Seite gestellt sind.

Ein kurzer Blick soll auch noch auf die skeptischen Verse »Beine hat uns zwei gegeben« geworfen werden, weil dadurch die Variation der späten Motive deutlicher zum Vorschein kommt und jene Tatsache, daß sich die Heineschen Verse wie so oft gegenseitig erhellen. Mit anderen Worten: Man wird die späten Gedichte Heines genauso als zyklische Gebilde lesen müssen, wobei ein Text den anderen erklärt, wie der Autor das in seinen Anordnungen bereits beim »Buch der Lieder«, den »Neuen Gedichten«, dem »Romanzero« und den unselbständig erschienenen »Gedichten. 1853 und 1854« für seine dort veröffentlichten Gedichte vorgegeben hat. Ein vierter Gedichtband hätte diese Praxis zweifellos aufgegriffen und, wie Zuordnungen bei seinen Lazarus-Gedichten aus dem Nachlaß zeigen, entsprechend fortgeführt. Hier soll nicht weiter spekuliert und keine mögliche Folge der Nachlaßgedichte (die freilich auch nicht sämtlich als spät bezeichnet werden dürfen und teilweise ganz verschiedenen Schaffensphasen zugeordnet werden müssen) erschlossen werden. Der Hinweis auf dieses Faktum der größeren, sich relativierenden und zugleich steigernden lyrischen Einheiten soll genügen. Auch in diesem Gedicht, das viele Jahrzehnte lang unter dem Titel »Zur Teleologie« für mehr als unanständig gehalten wurde, geht es um den Schöpfungsplan. Ist im obigen Gedicht das Herz des Menschen der gesamten Welt und ihrem Lauf vergleichbar, werden hier die Gliedmaßen und Sinnesorgane wie überhaupt der menschliche Organismus einer Untersuchung unterzogen. Zwei Beine, zwei Augen, zwei Hände, eine Nase, ein Mund, zwei Ohren werden der Reihe nach in ihrer Bedeutung und ihrem Nutzen abgehandelt. Das delikate Gespräch führt der Dichter mit der blonden Teutolinde, die nicht einsehen will, daß Gott in dem vom Dichter so genannten »Nützlichkeitssystem« das »Ökonomie-Problem« derart löst, daß er angesichts der sinnvollen Ein- und Zweizahl der übrigen menschlichen Organe den Mann mit eben ein und demselben Organ sein Wasser lassen und die Nachkommen zeugen, will sagen auf dem »Hochaltar der Minne« Liebe machen läßt. Der Ton ist ironisch, der Gegenstand wird freizügig ausgebreitet, der Schluß endet skeptisch und melancholisch:

> Alles wird simplifiziert,
> Klug ist alles kombiniert:
> Was dem Menschen dient zum Seichen
> Damit schafft er Seinesgleichen

Auf demselben Dudelsack
Spielt dasselbe Lumpenpack.
[...]
Und derselbe Omnibus
Fährt uns nach dem Tartarus.

Der Tod ist der ewige Gleichmacher. Alle Fragen nach Sinn und Zweck erübrigen sich.

Schon im oben in Erinnerung gerufenen Testamentsentwurf hatte Heine die Letzten Dinge beschworen und den Tod vor Augen gehabt. Nicht anders schließt das zuletzt besprochene skeptische Gedicht über die Teleologie des Menschen. Wir kehren mit unseren Überlegungen nunmehr gewissermaßen ganz an den Anfang zurück. Nur soll diesmal die Heinesche Sicht der Dinge mehr Berücksichtigung finden als die des Publikums. Es kann nicht häufig genug betont werden, daß Heine nie in oberflächlicher Weise jene Fragen, die seine letzten Jahre bestimmt haben, in besseren Zeiten verdrängt hätte. Motive der letzten Reise, Fragen nach Sinn und Zweck der Geschichte, nach dem Schicksal der Generationen und des einzelnen finden sich bei ihm in immer wieder ernsthafter Weise schon in den »Reisebildern« oder in den Prosagedichten der »Nordsee«. Auch als Publizist hat er in seinen Artikeln ständig neben der Oberfläche die Tiefen ausgelotet und Reflexionen über die Ursachen angestellt. Emphase und Zurücknahme halten sich dabei die Waage. Heine ist als Ironiker nur deshalb ironisch, weil er die Probleme des Geschicks, der Geschichte und der Zufälle ernst nimmt, ihre tragischen Verwicklungen aber leicht und schwebend ins Wort bringt, um sie dadurch erträglicher erscheinen zu lassen und den Formulierungen das Pathos wieder zu nehmen.

»Die Söhne des Glückes beneide ich nicht«, beginnt ein neunstrophiges Lazarus-Gedicht aus dem Nachlaß, in dem die Not und die Todesnähe verglichen werden mit den heiteren Situationen anderer Menschen, die »froh beim Lebensbankett« sitzen und »jählings« von der »Hippe« des Todes getroffen werden, die durch Festkleid und Rosen geschmückt sind und so als »Fortunas Favoriten« ohne Verzug ins Schattenreich gelangen, während der Autor selbst seit sieben Jahren durch »Siechtum«, »Gebresten«, »Qual«, »Martyrtume« und »Schmerz« belastet ist. Er hadert schließlich mit Gott, droht, ganz im Gegensatz zur üblich anerkannten Form der Lebensführung, die solches Tun eher begreiflich fände oder als Regel und Gebot beinhaltet, am Ende gar »katholisch« zu werden und wie »andre gute Christen« Gott »die Ohren voll« zu heulen. Nicht sterben können ist die eigentliche, prometheische Qual. Die Vorstellungen des Jenseits sind im Gedicht übrigens nach hellenischem Muster mit russischem Kostüm gestaltet. »Zarewna Proserpine« regiert dort. Der jüdisch-christliche Gott wird in den letzten vier Strophen angesprochen. Wiederum fällt die familiäre Art des Umgangs auf. Das Selbstbewußtsein des Dichters hat noch nicht gelitten. Noch ist sich der »beste der Humoristen« seines Wertes bewußt, weiß aber, daß er den physischen Nachstellungen nicht mehr lange widerstehen kann: »Der Schmerz verdumpft den heitern Sinn.« Die übliche Bekehrungspraxis, die Handlung im Sinne der gewöhnlichen frommen Gemeinde widerspricht seinem Naturell. Sein Glück auf Erden besteht in der Beendigung des Lebens, wobei von Unsterblichkeit und Himmel in diesen Zeilen keinerlei Rede ist.

Im Sinne des planvollen und absichtlichen Widerspruchs im gleichen Zyklus verhält sich das von Heine ebenfalls für die Lazarus-Gedichte vorgesehene Sonett »Mein Tag war heiter, glücklich meine Nacht«. Es handelt sich um ein Dichtergedicht apollinischer Prägung. Die »Leier« der »Dichtkunst« ist sein Gegenstand. Hier will der Dichter nicht endlich sterben, sondern weiter leben. Die beiden Quartette beschreiben die erfolgreiche Summe der Schriftstellerexistenz: Der

Tag des Poeten ist »heiter«, die Nacht »glücklich«, das Volk jauchzt, des Dichters »Lied« ist »Lust und Feuer«, das literarische Ergebnis sind »schöne Gluten»; der Sommer blüht, die Ernte ist schon in die Scheuer eingebracht, die Welt war ihm lieb und teuer. Die beiden Terzette dagegen bringen die Todesfurcht oder besser die Ablehnung des Todes ins Spiel: »Der Hand entsinkt das Saitenspiel.« Das Glas zerbricht. Wieder ist Gott der Ansprechpartner, dem das Leid geklagt wird, ohne daß dem Faktum des Abschieds von der Welt eine metaphysische Dimension verliehen wird:

O Gott! Wie häßlich bitter ist das Sterben!
O Gott! Wie süß und traulich läßt sich leben
In diesem traulich süßen Erdenneste.

Dagegen beschreiben die zehn Strophen seines Lazarus-Gedichtes »Ganz entsetzlich ungesund« die Erde als Urbild der Vanitas und Vergänglichkeit. Die klugen Sterne enthalten sich der Welt durch ihren Abstand:

Wollen immer ferne bleiben
Vom fatalen Erdentreiben,
Von dem Klüngel und Geruddel,
Von dem Erdenkuddelmuddel.

Ihr Mitleid und eine goldene Träne verstärken die skeptische Distanz mit sentimentalem Anstrich.

Im Gedicht an Mathilde »Ich war, o Lamm, als Hirt bestellt«, ebenfalls aus der Reihe der Lazarus-Gedichte aus dem Nachlaß, beschreibt die erste Strophe seine Leistung als Hüter seiner Frau, die zweite den Abschied angesichts des herbei schleichenden Todes. Das christliche Bild vom Guten Hirten, der seinen Stab an Gott zurückgibt, kennt in der Heineschen Fassung keinerlei Aufregung und Anklage, sondern lebt von seinem elegisch-ruhigen Ton. Einige Zeilen schließlich aus dem Gedichte »Es träumte mir von einer Sommernacht«, das mit anderen späten Gedichten eine eigene Gruppe von Versen für die junge Freundin am Krankenbett mit dem ihr von ihm verliehenen Namen Mouche bildet, vermögen ein besonders mildes Licht auf die Heinesche Sicht der Letzten Dinge und des Todes zu werfen. Schweigen und Liebe sind in seinem »schönen Friedenstraum« vereinigt, der seiner »ungestörten Ruhe« entspricht:

> O Tod! mit deiner Grabesstille, du,
> Nur du kannst uns die beste Wollust geben –
> Den Krampf der Leidenschaft, Lust ohne Ruh
> Gibt uns für Glück das albern blöde Leben!

Damit sind gleichzeitig auch noch etwa offene Fragen nach Unsterblichkeit und Auferstehung beantwortet. Sosehr Heine solche Dinge im »Nachwort zum Romanzero« als selbstverständliche Zugabe zum Glauben an Gott empfand, so wenig thematisiert er sie am Ende, das aufgehoben ist im träumerischen Tod und im keuschen Schweigen.

Zum Schluß sei noch eine Bemerkung zur Anordnung der Texte im vorliegenden Bande erlaubt: Heines Gedichtsammlungen »Buch der Lieder« (1827), »Neue Gedichte« (1844) und »Romanzero« (1851) verdienen in der Tat diese hier zusammengetragene Ergänzung durch jene Gedichte, die nach Abschluß der drei Gedichtbände entstanden, aber nicht mehr sämtlich auch zu seinen Lebzeiten erschienen sind. Vor allem handelt es sich um die zeitgenössisch bereits gedruckten »Gedichte. 1853 und 1854« sowie um die erst später publizierten Nachlaßgedichte beispielsweise an die Mouche und das kleine Versepos »Bimini«. Ergänzt werden in der vorliegenden Sammlung diese späten Gedichte durch manche aus dem Zusammenhang der vorhergegangenen drei Bände stammenden

Texte, die man oft genug zitiert findet oder die aus qualitativen Gründen in einem Band mit späten und Nachlaßgedichten Berücksichtigung finden sollten. So sehr private Töne angeschlagen werden, so sehr auch wird beim Durchblättern und Lesen deutlich, daß nicht nur von Tod und Vergänglichkeit die Rede ist, sondern auch von Politik, Leben und Liebe. Gerade die Spannung, die sich durch die Gedichte des Alters in Kombination mit den die vorangegangenen Bände leitmotivisch begleitenden Verse ergibt, macht den Heineschen Gedichtband mit dieser Mischung aus Planung und Zufall so anregend und lesenswert. Die Anordnung berücksichtigt aus diesen Überlegungen zuerst die nach dem »Romanzero« entstandene bzw. gedruckte Lyrik mitsamt dem Fragment des Versepos »Bimini« und läßt ihr die den früheren Gedichtbänden zugehörigen Gedichte aus dem Nachlaß folgen, sofern sie nicht bereits in den Einzelausgaben des Insel Verlags Aufnahme gefunden haben. So bildet dieser Band ein viertes Heinesches Gedichtbuch und erlaubt Entdeckungen aus der Spätzeit, aber auch aus den frühen Jahren des Dichters. Das Zauberwort Nachlaß verbindet das poetische Sprechen zu einer Einheit. Das Echo der späten Gedichte geht gewissermaßen dem Ruf der teilweise weit vor ihnen entstandenen Texte voraus. Zusammen ergibt sich jedoch jener Ton, der für Heine so typisch ist: Witz, Ehrlichkeit, Ironie, Sarkasmus, Eleganz und Klang fangen eine Welt ein, die nicht nur die seine war, sondern an der er uns bereitwillig teilnehmen läßt.

Joseph Anton Kruse

Notiz zur Textgestalt

Die Texte dieses Bandes folgen der Historisch-kritischen Gesamtausgabe der Werke. In Verbindung mit dem Heinrich-Heine-Institut herausgegeben von Manfred Windfuhr. Bde. I-III. Hamburg: Hoffmann und Campe 1975, 1983, 1991.

Die Orthographie wurde, unter Wahrung des Lautstandes, modernisiert. In die Interpunktion wurde nicht eingegriffen. Bei wenigen Gedichten aus dem Nachlaß hat Heine einige Strophen gestrichen. Der vorliegende Druck bietet die früheren Fassungen. Die bisher unbekannten Streichungen wurden durch eckige Klammern kenntlich gemacht.

Das Nachwort stützt sich auf den Beitrag des Verfassers »Late Thoughts: Reconsiderations from the ›Matratzengruft‹«. – In: A companion to the works of Heinrich Heine. Ed. by Roger F. Cook. Rochester, NY: Camden House 2002.

GEDICHTANFÄNGE UND ÜBERSCHRIFTEN

Affrontenburg 23
Als die junge Rose blühte 231
Als ich dich zum ersten Male 260
Am Himmel Sonne Mond und Stern 155
Am Werfte zu Cuxhaven 220
An die Mouche 132
An Edom! 220
An Eduard G. 149
An Fritz von Beughem 215
An Jenny 229
An meinen Bruder Max 149
Antwort 85
Aucassin und Nicolette 199
Auf dem Festland bleibt der Ritter 176
Auf eisernen Schienen, so schnell wie der Blitz 100
Aufblühn, Staubwerden 259
Augen, die ich längst vergessen 250
Augen, die nicht ferne blicken 206
Augen, sterblich schöne Sterne! 246
Aus der Zopfzeit 103

Babylonische Sorgen 16
Bamberg und Würzburg 195
Bang hat der Pfaff sich in der Kirch verkrochen 216
Beeren-Meyer! Meyer-Beer! 273
Bei dem Tempelsturm von Quito 191
Bei der Königswahl, wie sich versteht 93
Beine hat uns zwei gegeben 144
Beselgend ist es, wenn die Knospe 262
Bimini 159
Bin kein sittsam Bürgerkätzchen 48
Brich aus in lauten Klagen 221
Burleskes Sonett 201

Celimene 129
Citronia 150

Da sitzt er und schwatzt, mit lallender Zung 240
Das gelbe Laub erzittert 232
Das Glück, das gestern mich geküßt 249
Das Hohelied 74
Das ist Herr Ludwig von Bayerland 235
Das macht den Menschen glücklich 262
Das Sklavenschiff 17
Das Ungeziefer jedes Lands 111
Das war in jener Kinderzeit 150
Das waren zwei liebe Geschwister 42
Daß ich dich liebe, o Möpschen 203
Den Strauß, den mir Mathilde band 124

Den Tag, den hab ich so himmlisch verbracht 230
Der eine kann das Unglück nicht 76
Der Helfer 143
Der Käfer saß auf dem Zaun, betrübt 45
Der Kopf ist leer, das Herz ist voll 258
Der Leib liegt auf der Totenbahr 36
Der Nachtwind durch die Lucken pfeift 87
Der neue Alexander 239
Der Philanthrop 42
Der philharmonische Katerverein 54
Der Sangesvogel, der ist tot 259
Der Scheidende 114
Der Superkargo, Mynher van Koek 17
Der tugendhafte Hund 108
Der weite Boden ist überzogen 248
Derweilen auf dem Lotterbette 53
Des Oberkirchners Töchterlein 262
Des Weibes Leib ist ein Gedicht 74
Deutschland (Deutschlands Ruhm will ich besingen) 207
Deutschland ist noch ein kleines Kind 234
Deutschland! (Deutschland ist noch ein kleines Kind) 234
Deutschlands Ruhm will ich besingen 207
Dich fesselt mein Gedankenbann 132
Die arme Seele spricht zum Leibe 13
Die Audienz 61
Die Briten zeigten sich sehr rüde 86
Die Erste lieb ich unter mir 259
Die Eule studierte Pandekten 257
Die Flucht 263
Die Freiheit hat man satt am End 104
Die Freunde, die ich geküßt und geliebt 12
Die Gestalt der wahren Sphinx 31
Die Hexe 253
Die Kirche siehst du auf diesem Bilde 259
Die Launen der Verliebten 45
Die Libelle 34
Die Liebe begann im Monat März 123
Die Liebesgluten, die so lodernd flammten 130
Die Meeresfluten blitzen 263
Die Menge tut es 89
Die Neger berichten: der König der Tiere 276
Die Pfannekuchen, die ich gegeben bisher für 89
Die schlesischen Weber 244
Die schönsten Blumen – Leiden und Lieben 224
Die Söhne des Glückes beneide ich nicht 115

Die ungetreue Luise 264
Die Wälder und Felder grünen 202
Die Wahl-Esel 104
Die Wahlverlobten 40
Die Wanderratten 98
Die Zeit verfließt, jedoch das Schloß 23
Diesseits und jenseits des Rheins 277
Du bist begeistert, du hast Mut 85
Du frohlockst, Plantagenet, und glaubst 143
Du hast nun Titel, Ämter, Würden, Orden 149
Du Lilje meiner Liebe 201
Du reißt dich los von braunen Hälsen 259
Du singst wie einst Tyrtäus sang 255
Du warst ein blondes Jungfräulein, so artig 29
Du weinst und siehst mich an, und meinst 40
Duelle 107

Eduard 154
Ein Jahrtausend schon und länger 220
Ein Pudel, der mit gutem Fug 108
Ein Sonett 127
Ein Wetterstrahl, beleuchtend plötzlich 31
Einsam auf dem Strand von Kuba 168
Einst sah ich viele Blumen blühen 27
Epilog 69
Epilog zum Loblied auf den celeberrimo maestro Fiascomo 276
Er ist so herzbeweglich 252
Erinnerung 204
Erinnerung an Hammonia 51
Erinnerung aus Krähwinkels Schreckenstagen 59
Erlauschtes 79
Erstorben ist in meiner Brust 144
Es erklingt wie Liedestöne 265
Es faßt mich wieder der alte Mut 203
Es gab den Dolch in deine Hand 128
Es geht am End, es ist kein Zweifel 130
Es gibt zwei Sorten Ratten 98
Es glänzt so schön die sinkende Sonne 252
Es hatte mein Haupt die schwarze Frau 26
Es ist der rechte Weg, den du betreten 85
Es ist ein König in Thule, der trinkt 239
Es kommt der Tod – jetzt will ich sagen 131
Es läuft dahin die Barke 250
Es saß ein brauner Wanzerich 110
Es schauen die Blumen alle 200
Es sitzen am Kreuzweg drei Frauen 32

Es tanzt die schöne Libelle 34
Es träumte mir von einer Sommernacht 134
Es war einmal ein Teufel 246
Etwas für den hinkenden Vetter 206
Ewigkeit! wie bist du lang 142

Fabel 110
Festgedicht 273
Fröhliche Mahle 216
Für das Album von Elisabeth Friedländer 141
Für eine Grille – keckes Wagen! 120

Ganz entsetzlich ungesund 121
Gar böse Katze, so alt und grau 14
Geleert hab ich nach Herzenswunsch 130
Gib ihren wahren Namen immer 126
Giebelrede des Verfassers 224
Glaube nicht, daß ich aus Dummheit 129
Groß ist die Ähnlichkeit der beiden schönen 278
Guter Rat (Gib ihren wahren Namen immer) 126
Guter Rat (Laß dein Grämen und dein Schämen!) 50

Hab eine Jungfrau nie verführet 155
Hans ohne Land 57
Hast du vertrauten Umgang mit Damen 215
Hast einen bunten Teppich ausgebreitet 199
Hatte wie ein Pelikan 277
Heiter überstrahlt die Sonne 179
Herr Ludewig von Bayerland 236
Herwegh, du eiserne Lerche 256
Heut Nacht, im Traum, unglücklicherweis 258
Himmelfahrt 36
Hoch aus dem blauen Himmelszelt 20
Holde Muse gib mir Kunde 211

Ich bin das Schwert, ich bin die Flamme 268
Ich bin nun fünfunddreißig Jahr alt 229
Ich dacht an sie den ganzen Tag 199
Ich habe die süße Liebe gesucht 224
Ich habe verlacht, bei Tag und bei Nacht 114
Ich laß nicht die Kindlein, wie Pharao 61
Ich mache die kleinen Lieder 219
Ich mache jetzt mein Testament 253
Ich sah sie lachen, sah sie lächeln 28
Ich seh dich an und glaub es kaum 141

Ich seh im Stundenglase schon 123
Ich war, o Lamm, als Hirt bestellt 125
Ich will mich im grünen Wald ergehn 218
Ich wollte meine Lieder 218
Im düstern Auge keine Träne 244
Im Jahre achtundvierzig hielt 63
Im lieben Deutschland daheime 256
Im Mai 12
Im Mondenglanze ruht das Meer 265
In beider Weichbild fließt der Gnaden Quelle 195

Jammertal 87
Jegliche Gestalt bekleidend 265
Juan Ponce de Leon wahrlich 186
Jung-Katerverein für Poesiemusik 54

Kalte Herzen 260
Kein Stammbuch?! – da hab ich nachgedacht 219
Kitty 230, 249
Kitty stirbt! und ihre Wangen 232
Kobes I. 63
König Langohr I. 93

Laß bluten deine Wunden, laß 11
Laß dein Grämen und dein Schämen! 50
Laß die heilgen Parabolen 25
Laß mich mit glühnden Zangen kneipen 133
Leb wohl, mein Weib, sprach Hans ohne Land 57
Lebewohl 277
Leib und Seele 13
Lieben Nachbarn, mit Vergunst! 253
Lieben und Hassen, Hassen und Lieben 202
Lied der Marketenderin 73
Lobgesänge auf König Ludwig 235

Männer wie Columbus, Cortez 164
Max, du kehrst zurück nach Rußlands 149
Mein Fritz lebt nun im Vaterland der Schinken 215
Mein Lehrer, mein Aristoteles 241
Mein Tag war heiter, glücklich meine Nacht 121
Meine gute, liebe Frau 233
Meine Qual und meine Klagen 201
Mich locken nicht die Himmelsauen 33
Mich ruft der Tod – Ich wollt, o Süße 16
Michel nach dem März 272
Mimi 48
Mir lodert und wogt im Hirn eine Flut 118
Mir redet ein die Eitelkeit 251

Mit deinen großen, allwissenden Augen 247
Mit dummen Mädchen, hab ich gedacht 266
Mit starken Händen schob ich von den Pforten 220
Mittelalterliche Roheit 131
Morphine 278

Nachts, erfaßt vom wilden Geiste 116
Nicht gedacht soll seiner werden 113
Nicht von Raben, nein mit Raben 144

O des heilgen Jugendmutes! 224
O, des liebenswürdigen Dichters 245
O, die Liebe macht uns selig! 247
O, du kanntest Köch und Küche 247
O Hoffmann deutscher Brutus 256
O kluger Jekef, wie viel hat dir 79
Orpheisch 128

Panaschierter Leichenwagen 154
Pferd und Esel 100
Prolog 161

Ramsgate 245
Rationalistische Exegese 144
Rote Pantoffeln 14
Ruhelechzend 11

Sanftes Rasen, wildes Kosen 277
Schau hinein ins Buch, da drinnen 258
Schloßlegende 271
Schnapphahn und Schnapphenne 53
Schnarchend lag der Hausknecht Tröffel 213
Sie küßten mich mit ihren falschen Lippen 127
Sie tat so fromm, sie tat so gut 267
Simplizissimus I. 76
So lang ich den deutschen Michel gekannt 272
Sohn der Torheit! träume immer 195
Sonne, purpurgeborene 222
Sonnenaufgang 222
Streiche von der Stirn den Lorbeer 88
Stunden, Tage, Ewigkeiten 129

Tag und Nacht hab ich gedichtet 203
Testament 253

Unbequemer neuer Glauben! 144
Und die Husaren lieb ich sehr 73
Unser Grab erwärmt der Ruhm 69
Unsre Marine 242
Unsre Seelen bleiben freilich 231

Verletze nicht durch kalten Ton 142

Vermittlung 85
Vom Schöppenstuhle der Vernunft 30

Wahrhaftig wir beide bilden 134
Waisenkinder, zwei und zwei 51
Warnung 142
Was bedeuten gelbe Rosen? 267
Was willst du traurig liebes Traumgebilde? 204
Welch ein zierlich Ebenmaß 249
Welcher Frevel! Freund! Abtrünnig 154
Wenn einst die Posaunen mit schmetterndem Schall 217
Wenn ich bei meiner Liebsten bin 217
Wenn junge Herzen brechen 206
Wenn sich die Blutegel vollgesogen 117
Wer ein Herz hat und im Herzen 115
Wie langsam kriechet sie dahin 27
Wie nähm die Armut bald bei mir ein Ende 201
Wie schön er ist, so qualvoll auch 126
Wir Bürgermeister und Senat 59
Wir müssen zugleich uns betrüben 267
Wir träumten von einer Flotte jüngst 242
Wir wollen jetzt Frieden machen 217
Wo wird einst des Wandermüden 268
Worte! Worte! keine Taten! 140
Wunderglaube, blaue Blume 161
Wünnebergiade 211

Zu Berlin, im alten Schlosse 271
Zu Kassel waren zwei Ratten 103
Zu München in der Schloßkapell 238
Zueignung an Salomon Heine 201
Zum Lazarus 25
Zum Ostwind sprach ich, Ostwind schere dich 221
Zwei Ochsen disputierten sich 107

Heinrich Heine
im Insel und im Suhrkamp Verlag

Werke. Insel-Heine. Mit einer Einleitung von Hans Mayer. Vier Bände. 2882 Seiten. Leinen

- Erster Band: Gedichte. Herausgegeben von Christoph Siegrist
- Zweiter Band: Reisebilder. Erzählende Prosa. Aufsätze. Herausgegeben von Wolfgang Preisendanz
- Dritter Band: Schriften über Frankreich. Herausgegeben von Eberhard Galley
- Vierter Band: Schriften über Deutschland. Herausgegeben von Helmut Schanze

Einzelausgaben

Buch der Lieder. Mit zeitgenössischen Illustrationen und einem Nachwort von E. Galley. it 33. 322 Seiten

Deutschland. Ein Wintermärchen. Mit einem Nachwort von Joseph Peter Strelka. Anhang mit Bibliographie und einer Zeittafel. 126 Seiten. Leinen. it 723. 127 Seiten

Der Doktor Faust. Ein Tanzpoem. Mit Zeichnungen von József Divéky. IB 1030. 98 Seiten

Gedichte aus Liebe. Auswahl von Thomas Brasch. it 1444. 80 Seiten

Ich hab im Traum geweinet. 44 Gedichte mit Interpretationen. Herausgegeben von Marcel Reich-Ranicki. it 2740. 224 Seiten

NF 89/1/4.04

Ich liebe doch das Leben. Ein Lesebuch. Herausgegeben von Joseph A. Kruse. Ein Projekt der Stiftung Kunst und Kultur des Landes Nordrhein-Westfalen. Herausgegeben unter Mitwirkung von Christoph Hollender, Markus Küppers und Hendrik Rost. 403 Seiten. Leinen

Liebesgedichte. Ausgewählt von Thomas Brasch. it 2822. 80 Seiten

Neue Gedichte. Deutschland. Ein Wintermärchen. Atta Troll. Herausgegeben von Jonas Fränkel. it 1055. 381 Seiten

Neue Melodien spiel ich. Gedichte. Auswahl von Klaus Briegleb. Mit einem farbigen Frontispiz. IB 1175. 121 Seiten

Der Rabbi von Bacherach. Ein Fragment. Mit einem Nachwort von Joseph A. Kruse. it 2426. Großdruck. 120 Seiten

Reisebilder. Mit einem Nachwort von Joseph A. Kruse und zeitgenössischen Illustrationen. it 444. 600 Seiten

Romanzero. Mit einem Nachwort von Joseph A. Kruse und zeitgenössischen Illustrationen. it 538. 286 Seiten

Sämtliche Gedichte in einem Band. Herausgegeben von Klaus Briegleb. 928 Seiten. Leinen

Sämtliche Gedichte in zeitlicher Folge. Herausgegeben von Klaus Briegleb. it 1963. 917 Seiten

Späte Gedichte. Und Lyrik aus dem Nachlaß. Herausgegeben von Joseph A. Kruse und Marianne Tilch. it 3036. 320 Seiten

NF 89/2/4.04

Zu Heinrich Heine

Norbert Altenhofer. Die verlorene Augensprache. Über Heinrich Heine. Herausgegeben von Volker Bohn. 197 Seiten. Kartoniert

Walter Hinck. Die Wunde Deutschland. Heinrich Heines Dichtung im Widerstreit von Nationalidee, Judenemanzipation und Antisemitismus. 306 Seiten. Leinen

Joseph A. Kruse (Hg.). Heinrich Heine. Leben und Werk in Daten und Bildern. it 615. 352 Seiten

Hans Mayer. Der Weg Heinrich Heines. Versuche. BS 1283. 117 Seiten

NF 89/3/4.04